JACKIE ASHENDEN

Le retour de Valentin Silvera

Traduction française de
ANNE-LAURE PRIEUR

AZUR

HARLEQUIN

Collection : Azur

Titre original :
A DIAMOND FOR MY FORBIDDEN BRIDE

HARPERCOLLINS FRANCE
83-85, boulevard Vincent-Auriol, 75646 PARIS CEDEX 13
Service Lectrices — Tél. : 01 45 82 47 47 - www.harlequin.fr
ISBN 978-2-2804-8389-6 — ISSN 0993-4448

Composé et édité par HarperCollins France.
Imprimé en janvier 2023 par CPI Black Print (Barcelone)
en utilisant 100% d'électricité renouvelable.
Dépôt légal : février 2023.

FSC
www.fsc.org
MIXTE
Papier issu de sources responsables
FSC® C159065

Pour limiter l'empreinte environnementale de ses livres, HarperCollins France s'engage à n'utiliser que du papier fabriqué à partir de bois provenant de forêts gérées durablement et de manière responsable.

1.

Olivia

Un homme se tenait dans le couloir, appuyé contre le mur. Bien que la pénombre cachât son visage, je savais qu'il me fixait. Son regard errait dans mon dos telle une caresse. Un frisson me traversa. Impossible de discerner ses traits. Mais sa haute stature et sa carrure imposante me mettaient mal à l'aise. Une sécurité renforcée avait été mise en place pour les funérailles de Domingo Silvera. Particulièrement ici, à sa villa de Madrid. Quoi d'étonnant à cela ? Il était le P-DG de Silver Incorporated, l'une des sociétés les plus puissantes d'Europe, avec des actions dans divers domaines : industrie, nouvelles technologies, recherche et développement, finance… et Dieu seul savait quoi encore. Un géant des affaires auquel plus d'un gouvernement faisait les yeux doux.

Diego, le père de Domingo, descendant de la vieille aristocratie espagnole dont il avait hérité l'arrogance et l'autoritarisme, avait fondé la société près d'un siècle plus tôt. Elle n'avait cessé de prospérer au fil des années, mais c'était sous la houlette de Domingo qu'elle s'était élevée au rang de puissance incontournable qu'elle occupait aujourd'hui.

Tout le gratin était présent. Politiciens et hommes d'affaires, chefs d'État et millionnaires, se côtoyaient dans la somptueuse salle de réception. Tous étaient venus rendre un dernier hommage à l'un des hommes les plus puissants d'Europe. Même les rivaux de Domingo – et ils étaient nombreux – avaient fait le déplacement. Peut-être l'homme dans le couloir en faisait-il partie et jubilait devant la dépouille de son ennemi ? Comment expliquer autrement l'aura de menace émanant de lui ?

Il en fallait beaucoup pour m'intimider. Mais un nouveau frisson me parcourut. D'instinct, je me rapprochai de mon fiancé, Constantin Silvera, fils de Domingo et nouveau P-DG de Silver Inc. Sans avoir besoin de sa protection, j'appréciais sa présence rassurante. Constantin était un véritable colosse, aussi intelligent qu'arrogant. Un requin qui en imposait autant que son père. Lui aussi avait hérité du caractère impitoyable de ses ancêtres. De leur beauté également, avec ses cheveux noirs, ses yeux d'ébène et un profil ciselé digne d'orner des pièces de monnaie. Son nom d'empereur seyait à son charisme naturel. Il dirigeait tout d'une main de fer, sans gant de velours.

J'aurais dû me sentir en sécurité à ses côtés, dans la villa la mieux protégée au monde. En tant que P-DG de Wintergreen Fine Diamonds, l'illustre joaillerie fondée par ma famille, j'étais moi-même entourée d'une armée de gardes du corps. Et pourtant…

Je n'étais pas rassurée.

Constantin attendait le moment opportun pour délivrer son éloge funèbre. Occupé à remercier chacun d'être venu, il n'avait sans doute pas perçu mon malaise. En temps normal, rien n'entamait mon sang-froid à toute épreuve. Une qualité indispensable pour une femme P-DG à la tête d'une entreprise foncièrement traditionnelle. Je détestais être déstabilisée. Par la présence d'un mystérieux inconnu, par exemple. Constantin serait consterné s'il savait. Il me voyait comme une femme forte. C'était ce qu'il admirait le plus chez moi, ainsi qu'il me l'avait souvent répété.

Lui et moi n'étions pas ensemble par amour.

Mon propre père était décédé dix-huit mois plus tôt, mettant au jour une gestion désastreuse de l'entreprise familiale, désormais au bord de la faillite. Cette découverte avait été un choc pour moi, qui l'avais toujours vu comme un homme d'affaires accompli. Le conseil d'administration n'avait pas caché son hostilité à ce que je lui succède. Pour ne rien arranger, le passé avait brusquement resurgi en la personne de Constantin Silvera. Sa famille et la mienne passaient leurs vacances sur la même île des Caraïbes quand nous étions enfants. Il y avait bien certaines tensions à l'époque. Mais de l'eau avait coulé sous les ponts depuis.

Constantin avait eu vent des problèmes financiers de Wintergreen et disait vouloir m'aider. Il était prêt à payer les dettes de mon père et à remettre l'entreprise à flot, à condition d'en prendre les rênes le temps qu'elle redevienne solvable. En échange, il ne demandait que ma main. Il souhaitait assurer sa descendance et tenait en haute estime le patrimoine génétique des Wintergreen.

J'avais d'abord eu quelques réserves. Le conseil, ultra-conservateur, m'estimait déjà incapable de diriger l'entreprise du fait que je sois une femme. Épouser Constantin et lui confier la gestion de Wintergreen me ferait paraître faible. Cependant, si je voulais sauver l'entreprise, accepter son offre s'imposait comme la meilleure solution. Et puis, il y avait la question des enfants. Wintergreen était une affaire familiale. Moi aussi, comme Constantin, j'avais besoin d'héritiers. Mon père répétait sans arrêt que c'était l'un ou l'autre : diriger Wintergreen ou fonder une famille. Dès que j'aurais des enfants, je devrais passer la main. Ses décisions semblaient souvent lui donner raison. Mais, au vu du chaos qu'il avait laissé derrière lui, je commençais à remettre en question son autorité.

Pourquoi devrais-je choisir ? Je briguais la fonction de P-DG. Je voulais aussi des enfants. Constantin proposait d'exaucer mes deux souhaits. D'une pierre deux coups. Mon médecin m'avait prévenue que je ne disposais que d'une fenêtre limitée pour être enceinte. Il n'y avait pas de temps à perdre. C'était cela qui avait définitivement fait pencher la balance.

Du reste, il y avait pire que fonder une famille avec la perfection faite homme. Constantin se trouvait également être l'une des personnalités les plus puissantes d'Europe. Certes, son bagage familial laissait à désirer, ce qui ne faisait pas de lui le candidat idéal à la paternité. Mais nous y travaillerions ensemble. Et puis, notre enfant m'aurait, moi aussi. J'avais donc accepté, et c'est ainsi que je me retrouvais à ses côtés pour les funérailles de son père.

En tant que fiancée.

— Un problème, Olivia ?

La voix grave de Constantin, mâtinée de cet accent latin qu'il n'avait jamais tout à fait perdu, me fit sursauter.

— Tu as l'air soucieuse.

Alors il avait remarqué mon trouble. Je pensais être douée pour projeter une image de femme forte et maîtresse d'elle-même. Apparemment, mon masque n'était pas aussi impénétrable que je le croyais. Cela m'ennuya. Constantin n'invitait guère aux confidences. Depuis trois mois que nous étions fiancés, il ne m'avait témoigné qu'une froide courtoisie. Je n'avais aucune confiance en lui. Il était un pur prédateur, comme son père. Et si j'avais appris une chose ces dix-huit derniers mois au conseil, c'était de ne jamais trahir la moindre faiblesse devant ce genre d'homme.

— Tout va bien, assurai-je, ignorant l'inconnu dans le couloir. Je me demandais simplement quand tu allais faire ton discours.

— Dans un instant.

Il paraissait distrait. Cela ne lui ressemblait pas. Il était d'ordinaire toujours attentif et concentré. Un requin à l'affût du sang. Il ne lâchait jamais sa proie, ni ne renonçait avant d'avoir atteint son but. Alors pourquoi scannait-il la foule des yeux comme s'il cherchait quelqu'un ? Peut-être Jenny, sa demi-sœur, qui avait promis d'être là et n'était toujours pas arrivée ? À moins qu'il ne sente la présence de l'inconnu, lui aussi ? D'ordinaire, rien ne déstabilisait Constantin. Il était pareil à un glacier, froid et immuable.

Je le connaissais depuis mes sept ans. Il n'avait que quelques années de plus que moi, mais nous n'étions pas proches. Déjà, à l'époque, c'était un garçon distant, qui préférait étudier et obéir aux ordres de son père plutôt que jouer avec Valentin et moi.

Valentin…

Une bouffée de tristesse m'envahit. Même après des années,

sa disparition faisait toujours aussi mal. *Ridicule.* Pourquoi pensais-je à lui maintenant ? Je détournai les yeux de mon futur mari, portrait craché du garçon que j'avais follement aimé quand j'étais adolescente, décédé dans un accident de voiture quinze ans plus tôt. Lui et Constantin étaient jumeaux. Personne n'arrivait à les distinguer, sauf moi.

Comment peux-tu l'épouser ? Tu verras toujours en lui ce qu'il n'est pas.

Je chassai cette pensée. Je n'étais plus la gamine sentimentale d'autrefois. Elle était morte en même temps que Valentin. J'avais tourné la page, résolue à laisser le passé derrière moi.

Justement, Constantin venait d'adresser un signe à son assistant, qui exigea aussitôt l'attention de l'assemblée. Le bourdonnement des conversations mourut tandis que je ravalais ma nostalgie pour redevenir la fiancée parfaite de Constantin Silvera.

— Mes chers amis, commença-t-il d'un ton aseptisé contrastant avec ses mots. Merci à tous d'être venus. Si nous sommes ici ce soir, c'est pour rendre hommage à Domingo Silvera, mon père…

— Et le mien.

La voix métallique trancha l'air tel un scalpel. Un silence sonné s'abattit sur la salle, et toutes les têtes se tournèrent vers le couloir. Un pressentiment me saisit. J'ignorais pourquoi, mais j'avais soudain la certitude que quelque chose de terrible allait se passer. L'inconnu se redressa et émergea de l'ombre. Alors qu'une rumeur montait de la foule, je sentis une chaleur familière m'envahir. Cet homme…

Je le connaissais.

Il se mouvait avec une souplesse féline, les mains enfoncées dans les poches. Il était aussi grand et large d'épaules que Constantin, avec le même visage volontaire. Le même nez droit. Les mêmes pommettes saillantes. Ses cheveux étaient noirs eux aussi, tout comme ses sourcils et ses yeux perçants.

Le double identique de Constantin.

Ou presque. Quelques détails les différenciaient. Les cheveux plus longs de l'invité mystère effleuraient son col, qu'il portait ouvert et sans cravate, contrairement à Constantin. Il n'avait rien non plus d'un glacier, tout en froide retenue. Non. Lui…

Il était un feu ardent.

Un seul homme m'avait jamais fait cet effet-là. Un garçon mort quinze ans plus tôt. Je l'avais pleuré jusqu'à ma dernière larme…

Valentin Silvera. Le frère jumeau de Constantin.

J'étais pétrifiée par le choc. Et je n'étais pas la seule. Tous les invités fixaient, bouche bée, le double de Constantin. Il traversa l'espace sans leur accorder un regard, comme s'ils n'existaient pas. Ses yeux étaient rivés sur son frère, qui s'était tu et semblait s'être changé en statue.

— Salut, Conny, lança-t-il dans un anglais irréprochable. Cela faisait longtemps.

Un silence de plomb régnait dans la salle. S'il n'avait pas parlé, j'aurais cru être devenue sourde.

— « Que fais-tu ici ? » t'entends-je demander. Excellente question. Merci de l'avoir posée, continua-t-il bien que personne n'eût prononcé le moindre mot.

Il sourit, avec une décontraction que contredisait la flamme dans ses yeux.

— Tu l'as sans doute oublié, mais je suis l'aîné de cinq minutes, ce qui fait de moi l'héritier légitime. C'est donc à moi que revient la société familiale, Constantin. D'autant plus que tu n'es pas apte à la diriger.

Son sourire se fit carnassier lorsque son regard se posa sur moi. La chaleur rieuse d'autrefois avait cédé la place à un dangereux feu de forêt.

— Oh ! et ta ravissante fiancée… Tu ne la mérites pas non plus. Elle est à moi. Elle l'a toujours été, n'est-ce pas ?

Non, il ne pouvait pas être là. Il était mort. L'accident avait été une terrible tragédie. J'avais pleuré à chaudes larmes à son enterrement. Constantin, lui, s'était tenu immobile, pâle comme un linge. Son père Domingo avait dominé la cérémonie, tel un roc ne trahissant aucune émotion, alors qu'il venait de perdre un fils.

Le silence dans la salle était assourdissant. Moins cependant que le sang bourdonnant dans mes oreilles. Valentin n'était pas mort. Il était là, en chair et en os, et une aura de menace que je ne lui avais jamais vue avant émanait de lui.

Et toujours à se damner.

Mon cœur que je croyais grippé revint à la vie telle une vieille machine réactivée. Il battait si fort que ma poitrine semblait sur le point d'éclater. Je serrai les poings, les ongles enfoncés dans mes paumes, dans un effort désespéré pour me ressaisir.

— Tu n'as donc rien à me dire, Conny ? reprit Valentin, sardonique. Ne t'inquiète pas. Mes avocats te contacteront bien assez tôt.

Son sourire se durcit.

— À moins que tu ne préfères faire cela devant tout le monde ? Je ne suis pas contre. J'adore me produire en public.

L'air me manquait. Comment pouvait-il être là ? Que lui était-il arrivé ? Son corps avait été identifié dans la carcasse calcinée d'une voiture à la périphérie de Madrid. Un accident, avait conclu la police.

Le bruit courait qu'il cherchait alors à échapper à son père. Que Domingo, sous ses airs charmants, pouvait se montrer d'une rare violence. Que l'accident n'en était peut-être pas un… Et voilà que Valentin surgissait de nulle part, bien vivant. À l'évidence, cela n'avait jamais été lui, dans cette voiture.

— Tu es mort.

Constantin avait détaché chaque mot, comme pour réaffirmer leur vérité.

— Tu l'es depuis quinze ans.

— Oh ! l'annonce de ma mort a été grandement exagérée. Comme tu le constates, répliqua Valentin sans se départir de son sourire.

Un murmure agita la foule abasourdie. Un froid m'envahit. Il n'était plus le même. Je le voyais, à présent. Le garçon que j'avais connu était calme, drôle et patient. Une épaule solide sur laquelle m'appuyer. Mon père ne supportait pas mes « crises d'hystérie » comme il disait. Valentin, lui, m'acceptait telle que j'étais. Nous étions devenus amis et nous retrouvions souvent sur notre plage secrète. Au fil des années, notre amitié avait évolué. Nos sentiments étaient devenus plus profonds. Valentin avait toujours le temps pour moi. Cela lui était égal que je sois plus jeune que lui.

Ce garçon était bel et bien mort. Il n'en restait aucune trace dans l'homme qui se tenait là, les mains dans les poches, avec l'air d'exulter. Mais derrière la désinvolture affichée bouillonnait un volcan.

Les gens chuchotaient entre eux, de plus en plus fort.

— Silence ! ordonna Constantin.

L'assemblée se tut. Une tension à couper au couteau planait dans la pièce. Je m'arrachai à la contemplation de Valentin pour me tourner vers mon fiancé. Mon instinct me soufflait que Constantin était moins choqué par la réapparition de son frère que furieux. Pire que cela… Fou de rage. Une tempête se préparait, je le sentais. J'ouvris la bouche pour tenter d'empêcher le désastre. Mais aucun son n'en sortit.

— Tu sembles perturbé, railla Valentin en s'avançant vers Constantin. Je comprends. Ce n'est pas tous les jours que son frère ressuscite d'entre les morts. Sans parler de cette farce de funérailles… Sois tranquille, je ne vais pas m'attarder. Je suis juste venu chercher ce qui m'appartient.

Son regard incandescent se posa sur moi.

— Viens, Olivia.

Je fixai sa main tendue, rattrapée par mes souvenirs. La petite plage où nous nous donnions rendez-vous, connue de nous seuls. Notre jardin secret. C'était là que nous nous étions vus pour la dernière fois. Sous la voûte céleste piquée d'un million d'étoiles, nous avions échangé notre premier baiser. Il m'avait murmuré qu'un jour, une fois adultes et affranchis du joug de nos familles, nous pourrions être ensemble pour toujours. C'était mon vœu le plus cher. Nous étions restés allongés sur le sable à rêver de notre vie future. De ce que nous ferions plus tard : nous marier, fonder une famille, être libres. Je l'aimais tellement !

Le lendemain, il n'était pas venu à la plage comme il l'avait promis. Ce n'est que plus tard que j'avais appris que lui et

Constantin étaient rentrés à Madrid. Nous n'avions même pas eu le temps de nous dire au revoir. J'étais déçue, mais pas inquiète. Il avait mon numéro. Nous resterions en contact…

Il ne m'avait pas appelée, ni envoyé de message.

Je n'avais plus jamais eu de nouvelles.

Six mois plus tard, il mourait dans un accident.

À quinze ans, j'étais inconsolable. Il avait été mon premier amour et ma première peine de cœur.

Mais j'étais une adulte, aujourd'hui. Plus une gamine. Tout cela était derrière moi. J'avais appris à m'endurcir pour sauver mon entreprise familiale. Alors pourquoi tremblais-je de rage tout à coup, submergée par une émotion venue de nulle part ? Oh ! je le savais…

Comment osait-il ?

Il m'avait abandonnée sans un au revoir ! Sans un texto, rien du tout ! Comment avait-il pu me briser le cœur de cette façon ? Comment avait-il osé me dire qu'il m'aimait, seulement pour disparaître du jour au lendemain ?

Plus que tout, comment avait-il osé feindre sa mort ?

J'allais lui rétorquer où il pouvait se mettre son « Viens, Olivia » quand les lumières s'éteignirent. L'espace d'une seconde, il y eut un silence. Puis ce fut la panique. Les gens criaient et se bousculaient dans l'obscurité. Je restai paralysée, incapable de réfléchir. Quelqu'un appela mon nom, sans que je parvienne à déterminer qui, ni de quelle direction cela venait. Soudain, une main d'homme agrippa la mienne.

Constantin.

Ce contact me rassura. Étrange, moi qui n'avais jamais eu besoin de sa protection… Mais là, c'était différent, et je serrai sa main de toutes mes forces tandis qu'il m'entraînait avec lui. Je suivais son large dos, à peine discernable dans le noir, laissant derrière moi le vacarme de cris affolés et de verres brisés. Mon cœur cognait à tout rompre.

Que s'était-il passé ? Une coupure de courant ? Peu probable. Ce n'était sûrement pas un hasard si la lumière s'était éteinte juste au moment où Constantin prenait la situation en main.

Valentin était derrière tout cela, j'en étais convaincue. Mais dans quelle intention ?

Nous émergeâmes dans un couloir, et je clignai des yeux pour m'habituer à la brusque clarté. Au même instant, Constantin se retourna. Mon cœur s'arrêta. Ce n'était pas Constantin qui me tenait la main…

C'était Valentin.

2.

Valentin

Enfin ! Après des mois de préparatifs minutieux, Olivia Wintergreen était à moi !

Elle l'avait toujours été, bien sûr.

Ses yeux gris clair s'écarquillèrent en me voyant. Elle avait cru suivre Constantin. Son choc se comprenait. Ses doigts devinrent glacés. Cela me rappela comment elle grelottait en sortant de l'eau autrefois et comment je frottais ses mains dans les miennes pour les réchauffer. Puis je lui embrassais le bout des doigts l'un après l'autre. Elle riait parce que cela chatouillait. Comme j'aimais l'entendre rire !

Mais elle ne riait pas, en cet instant. Et pour cause : depuis quinze ans, elle – comme tout le monde – m'avait cru mort. Je ne m'attendais pas à ce qu'elle m'accueille à bras ouverts. Oh ! elle serait furieuse quand je l'emmènerais à ma villa aux Maldives ! Une fois là-bas, elle aurait tout le temps de taper du pied. Mais d'abord, je devais l'éloigner de Constantin.

J'avais tout planifié méticuleusement. La panne de courant. Approcher Olivia sans bruit afin qu'elle prenne ma main dans le noir. La conduire en lieu sûr. Pas le temps pour les explications avec la sécurité de Constantin sur les talons. Je devais l'évacuer de la maison au plus vite, avant que la confusion se dissipe et que mon frère comprenne ce qui se passait. Chaque seconde comptait, et pourtant… Je ne pus m'empêcher de prendre un temps pour la dévorer des yeux.

Elle avait quinze ans la dernière fois que je l'avais vue. Svelte, avec de longs cheveux blonds lui tombant jusqu'à la taille et le plus doux des sourires. Nous étions amis, et même plus que cela. Notre complicité s'était muée en sentiments plus profonds au fil du temps. Elle était si belle… Mon unique trésor dans l'enfer qu'avait été mon enfance.

Jusqu'à ce que Constantin me la vole.

Trois mois plus tôt, l'annonce de ses fiançailles avec Olivia Wintergreen m'avait plongé dans une rage aveugle. Ils ne resteraient pas fiancés très longtemps, avais-je résolu sur-le-champ. Constantin n'hériterait pas non plus de Silver Inc. Je lui aurais peut-être accordé un sursis à la tête de la société s'il avait laissé Olivia tranquille. Mais il avait commis une erreur et devrait en payer les conséquences.

Un mouvement d'Olivia me ramena au présent. Ses yeux lançaient des éclairs tandis qu'elle se tortillait pour se libérer. Je resserrai mon étreinte. Pas question qu'elle m'échappe. J'avais été forcé de renoncer à elle des années auparavant. Je ne la perdrais pas une seconde fois.

— Bon sang, Valentin, à quoi joues-tu ? Laisse-moi partir !

Peut-être aurais-je dû opter pour la manière douce. Me montrer plus rassurant. Mais le garçon qui avait possédé ces qualités autrefois était mort. Tué dans un accident de voiture quinze ans plus tôt. Quelqu'un d'autre avait pris sa place. Je n'étais plus Valentin Silvera. Je l'avais abandonné dans cette carcasse calcinée, avec un échantillon de mon ADN afin d'échapper une bonne fois pour toutes à cette ordure de Domingo.

Aujourd'hui, j'étais juste Val, P-DG d'une société issue des pires milieux criminels d'Europe, désormais rangée et irréprochable, et l'une des plus florissantes dans le domaine de la sécurité.

Non, je n'étais plus ni doux ni rassurant.

Je souris à Olivia.

— Non, mon étoile. Je ne te laisserai plus jamais partir.

Une autre femme aurait eu peur. Mais pas Olivia. Elle n'avait jamais eu peur de rien. Ses yeux flamboyèrent de colère. Un lys, diaphane et délicat. C'était l'image qu'elle m'avait donnée, debout aux côtés de Constantin dans sa robe de deuil noire, sobre mais haute couture. La couleur ne lui seyait pas au teint. Elle la faisait paraître encore plus pâle, comme si elle se fanait et s'effaçait. Le contraste avec son expression adamantine était d'autant plus frappant.

Elle semblait si différente de l'adolescente de mon souvenir. Elle était si vive, alors. Un rayon de soleil dans les ténèbres de mon enfance. J'étais fasciné. C'était cette vitalité qui m'avait attiré, puis son sourire à mesure que j'apprenais à la connaître. Ce sourire pareil à une aube d'été qu'elle ne réservait qu'à moi.

Elle ne souriait pas, en cet instant. Mais la même flamme qu'autrefois brûlait en elle, je le savais. Elle leva le menton avec l'autorité d'une impératrice donnant la charge.

— Tu es fou. Laisse-moi partir avant que Constantin appelle sa sécurité.

— Qu'il essaie. Mes hommes ont infiltré son équipe depuis trois mois. Ce n'est plus vraiment *sa* sécurité.

Elle cilla. Était-ce de la crainte que je décelais dans ses yeux ? Je ne voulais pas qu'elle ait peur de moi. Mais je n'avais pas le temps de la rassurer. Pas maintenant. D'ailleurs, elle devait bien savoir que jamais je ne lui ferais de mal.

— Je vois.

Non, il n'y avait aucune appréhension dans sa voix. Rien d'autre qu'une froideur laconique. À croire que Constantin avait déteint sur elle.

— Qu'attends-tu de moi ?

Ses cheveux blonds étaient coiffés en un chignon si serré qu'il semblait maintenu par un million d'épingles et plusieurs bombes de laque. Si je les touchais, ils seraient sûrement aussi durs que les diamants de chez Wintergreen. Le moment était mal choisi pour avoir cette conversation. Mais je me surpris à répondre malgré tout :

— À ton avis ? Tu t'apprêtes à épouser mon frère. Je ne peux pas te laisser faire.

— Alors quoi ? Au lieu de m'appeler ou de m'envoyer un

mail, tu as préféré infiltrer la sécurité de Constantin et me kidnapper au beau milieu des funérailles de ton père ?

Un petit rire m'échappa.

— Dit comme cela… J'avais mes raisons. Et puis, si je t'avais envoyé un mail, aurais-tu rompu tes fiançailles ?

— Bien sûr que non.

Elle tenta de nouveau de dégager sa main.

— Lâche-moi, maintenant.

Ce n'était pas une demande, mais un ordre. Hélas pour elle, je n'étais pas du genre docile. Même si je m'étais manifesté avant, Constantin ne l'aurait jamais laissée partir. Il ressemblait trop à Domingo. C'est pourquoi je n'avais d'autre choix que lui reprendre la société, mais aussi Olivia. Domingo Silvera détruisait les gens. Constantin aussi. J'étais prêt à tout pour la protéger de lui. Alors, au lieu de la lâcher, je l'attirai vers moi.

Disparue, la sincérité qu'elle me témoignait autrefois, et qui m'avait été si précieuse. Ses traits étaient un masque impénétrable. Il y avait une dureté chez elle, inexistante auparavant, qui tranchait avec sa silhouette délicate et son visage de porcelaine. Que lui était-il arrivé depuis la dernière fois que nous nous étions vus ? Une part de moi avait espéré qu'elle m'oublie. Que, après l'annonce de ma mort, elle tourne la page et vive sa vie. Sa réaction en me voyant avait réduit cet espoir à néant. Elle avait pâli, pétrifiée par le choc. J'en aurais presque regretté mon choix de stratégie.

Mais agir dans l'ombre n'aurait fait que donner à Constantin les moyens de contre-attaquer. Et puis, le monde avait besoin de savoir que j'étais de retour, si je voulais l'évincer de Silver Inc. Alors autant en faire un événement public. Et quelle meilleure occasion que les funérailles de ce fumier de Domingo ?

Olivia s'en remettrait. À vrai dire, cela semblait déjà être le cas. Son visage ne trahissait aucune émotion. Je perçus sa résistance, mais continuai à l'attirer plus près. Où était passée sa colère ? Devais-je en conclure qu'elle ressentait encore quelque chose pour moi après toutes ces années ? Peut-être pas. Nous étions adolescents, et quinze ans s'étaient écoulés depuis. M'en voulait-elle de la séparer de Constantin ? L'aimait-elle ? Mon enquête démentait cette hypothèse. Rien ne suggérait qu'ils aient couché ensemble. Mais comment en être sûr ?

Une violente jalousie m'envahit. Je ne fis rien pour la réprimer. La colère m'avait toujours réussi dans la vie. Domingo affirmait que les émotions étaient une faiblesse et n'avaient pas leur place dans son monde. Que je devais m'en libérer pour devenir le grand homme que j'étais destiné à être. Mais il avait tort, comme toujours.

La colère était une force, à laquelle je recourais sans scrupule.

— Valentin, dit-elle calmement. J'ai ma propre équipe de sécurité. Ils ont tous reçu un entraînement militaire. Si tu ne me laisses pas partir, ils attaqueront.

— Je les attends. Je suis déjà mort une fois. Comme tu le constates, j'ai la peau dure.

— Valentin…

— Tu viens avec moi, coupai-je court. Autant ne pas faire d'histoires.

— Je ne te suivrai nulle part de mon plein gré.

Je haussai les épaules.

— Ce serait plus simple que tu viennes de toi-même. Cela nous épargnera à tous les deux des désagréments.

Son pouls battait follement dans le creux de sa gorge. Elle n'avait pas peur, non. Elle était furieuse. Ah, cela me rappelait des souvenirs…

Elle était si proche que je sentais son parfum, discret et sophistiqué. C'était nouveau. Elle ne portait pas de parfum, à quinze ans. Une autre note s'y mêlait, plus naturelle. Son odeur à elle. Je nous revoyais allongés sur le sable sous le ciel étoilé. Mon cœur cognait à tout rompre quand ma bouche avait effleuré la sienne. Ses lèvres étaient deux pétales de rose délicieusement satinés. Elle avait poussé un petit soupir, comme si elle avait attendu ce baiser toute sa vie.

Ses jolis yeux gris s'assombrirent. Se remémorait-elle la

même chose ? Notre baiser l'avait-il marquée autant que moi ? Elle paraissait si fragile… Une fleur en verre soufflé. Une vive émotion m'étreignit la poitrine, qui n'était pas de la colère, pour une fois. C'est elle qui m'incita à murmurer :

— Je ne te ferai aucun mal, mon étoile. Mais tu viens avec moi. Je crains que tu n'aies pas ton mot à dire.

L'espace d'une seconde, je crus qu'elle allait rendre les armes et s'abandonner contre moi, comme elle le faisait autrefois. Au lieu de quoi, elle recula avec un regard dédaigneux.

— Hors de question.

Un frisson d'anticipation me parcourut. Mon Olivia n'avait donc pas disparu. Sous le vernis de froid self-control, elle avait gardé son tempérament de feu. Tant mieux. J'aimais les femmes fortes. Et une femme forte qui me défiait ? Encore mieux.

Comment Constantin avait-il réagi à cette nouvelle version d'elle ? Avait-il mis les défenses d'Olivia à l'épreuve ? Avait-il su abattre la forteresse dont elle s'entourait ? Ou leurs froideurs respectives les avaient-elles mutuellement tenus à distance ? Soudain, j'avais besoin de savoir. De comprendre leur relation. Olivia me dirait tout. Je l'y obligerais. Après quoi, je ferais en sorte qu'elle ne pense plus jamais à lui.

Elle ouvrit la bouche, sans doute pour tenter de me raisonner. Mais le temps pressait. Nous nous étions assez attardés. Sans crier gare, je la soulevai de terre et la jetai sur mon épaule. Pendant une fraction de seconde, elle se figea. J'en profitai pour m'élancer vers la porte. J'espérais réussir à sortir sans qu'elle se débatte. Un espoir vite déçu.

— Valentin ! Qu'est-ce que tu fais ? Repose-moi immédiatement !

Je souris. Je la retrouvais, mon Olivia fougueuse d'autrefois. Je plaquai un bras en travers de ses cuisses pour l'empêcher de me donner des coups.

— Je te l'ai dit. Tu viens avec moi.

Ses poings me martelaient violemment le dos.

— Comment oses-tu ! Ma sécurité est armée !

— Plus maintenant. Mes hommes s'en sont occupés. Crie autant que tu veux.

Je quittai la villa par la porte de derrière, sous les protestations stridentes d'Olivia.

3.

Olivia

L'air était chaud, chargé de sel et d'un parfum capiteux de fleurs tropicales. Je m'étirai voluptueusement. Je n'avais pas envie d'ouvrir les yeux. Le lit était confortable, et une brise agréable caressait ma peau nue…

Quoi ?

Depuis quand dormais-je nue ?

Mes paupières s'ouvrirent sur un plafond inconnu. Des poutres en bois clair s'y entrecroisaient autour d'un ventilateur ronronnant au-dessus du lit. D'étranges motifs ondoyaient autour de moi, comme des reflets de soleil sur l'eau. Je les fixai sans comprendre. Mon cerveau tournait au ralenti. J'avais la bouche sèche et un vague mal de tête. Avais-je fait une crise de larmes aux funérailles ? Peu probable. J'avais appris à toujours contenir mes émotions. D'ailleurs, je n'aimais pas Domingo. Pourquoi l'aurais-je pleuré ?

Les funérailles… La silhouette dans le couloir…

Mon cœur s'emballa.

Valentin !

Tout me revint d'un coup. Sa réapparition fracassante. La fureur de Constantin. Mon propre choc. Puis le courant avait sauté et une main rassurante avait pris la mienne. Mais pas celle de Constantin, comme je l'avais cru. Quand l'homme s'était retourné, c'était le regard perçant de Valentin qui avait happé le mien.

« Je ne te laisserai plus jamais partir. »

Il m'avait jetée sur son épaule comme si je ne pesais rien, indifférent à mes coups de poing et mes cris de rage. Peu après, je me retrouvais poussée dans une voiture attendant à l'extérieur, qui avait démarré sitôt la portière refermée. Valentin, lui, avait disparu. Vingt minutes plus tard, la voiture s'arrêtait sur le tarmac d'un aérodrome, où deux armoires à glace m'escortaient à bord d'un jet privé.

Furieuse, j'avais tenté de leur tirer les vers du nez, exigeant de savoir où on m'emmenait et où était Valentin. Mes questions s'étaient heurtées à un mutisme total. Mes menaces n'avaient pas eu plus d'effet.

Valentin était réapparu peu avant le décollage. Il avait dépassé mon siège sans un regard pour moi, filant droit vers la salle de réunion à l'arrière de l'appareil. Quand j'avais enfin pu déboucler ma ceinture, j'avais immédiatement cherché la confrontation. Sa sécurité m'avait refoulée. Je m'étais mise à hurler et à le traiter de tous les noms. En vain. Alors, impuissante et à bout de forces, j'étais retournée dans mon siège, où j'avais fini par m'endormir.

Je me redressai comme un ressort. Le lit à baldaquin était immense, avec des tentures de gaze légère, pour l'heure relevées. La pièce aussi était spacieuse, lambrissée du même bois clair que les poutres au plafond. Une grande porte-fenêtre faisait face au lit, ouverte pour laisser entrer une brise rafraîchissante. Au-delà s'étendait l'océan. La porte-fenêtre donnait sur une terrasse en bois, d'où un escalier conduisait directement aux eaux limpides d'un lagon.

Je restai bouche bée devant ce paysage de rêve. Je sentais encore le regard pénétrant de Valentin sur moi. Sa main serrant la mienne. Son odeur étourdissante, mélange de cèdre et d'épices. Et la chaleur de son corps contre le mien, viril, puissant… Le corps d'un homme, plus d'un adolescent.

« Crie autant que tu veux. »

Ma colère revint au galop. Mon sang-froid habituel ne faisait pas le poids face à un kidnapping pur et simple. J'avais été dupée par une personne que j'avais aimée et pleurée. Une personne qui avait fait croire à tout le monde qu'elle était morte ! Je me maudissais d'être aussi faible. Comment avais-je pu laisser une chose pareille m'arriver ? Soudain, un autre détail me revint. Je baissai les yeux et écartai le drap. *Seigneur.* Ma robe noire des funérailles avait disparu, remplacée par une nuisette de soie blanche.

J'étais censée être forte. Dominer mes émotions, pas me laisser dominer par elles. Mon père avait toujours insisté sur ce point. Il aurait voulu un fils à qui léguer l'entreprise familiale. Hélas pour lui, ma mère n'avait pu avoir d'autres enfants après moi. Alors il m'avait formée à devenir le parfait P-DG, à savoir une personne dure et ambitieuse que rien ne faisait vaciller. C'était ce à quoi j'aspirais aussi. Je refusais de devenir comme ma mère : une épouse trophée, effacée et sans but, si ce n'est celui d'obéir à son mari pour se racheter du crime de ne pas lui avoir donné de fils. Mon père était un homme difficile. Elle ne lui avait jamais tenu tête, et il ne se gênait pas pour lui marcher dessus. Je m'étais juré de ne jamais laisser un homme me traiter ainsi. Jamais je ne finirais comme elle.

Mon ambition, je la cultivais, et gardais mes émotions soigneusement sous contrôle. J'étais déterminée et sûre de moi.

Mais la colère, en cet instant, supplantait tout cela. Je sautai du lit, enroulée dans mon drap. J'allais trouver Valentin Silvera. Oh oui ! Et je l'étranglerais à mains nues !

Un mouvement à l'extérieur capta mon attention. Un homme montait les marches émergeant du lagon, son corps d'athlète ruisselant d'eau. Les gouttes scintillaient sur sa peau bronzée, glissaient entre ses pectoraux saillants et le relief de ses abdominaux, puis continuaient leur course le long de ses cuisses musclées. Il racla ses cheveux mouillés en arrière d'un geste nonchalant. Je me figeai au milieu de la chambre, ma fureur momentanément oubliée. Il était à couper le souffle. Et nu comme un ver.

Le sang afflua à mes joues.

— Bonjour, lança Valentin comme si de rien n'était. Bien dormi ?

Des frissons couraient sur ma peau. J'oscillais entre vouloir regarder ailleurs et continuer à le manger des yeux, hypnotisée par sa perfection masculine. Quand il était adolescent, il était déjà grand et robuste, et je l'épiais souvent quand il se baignait dans notre crique secrète. À treize ans, j'étais impressionnée par sa musculature. Un peu troublée aussi. Je le trouvais incroyablement beau. Il l'était toujours, et je n'avais plus treize ans.

Après la mort de Valentin, j'étais restée à l'écart des hommes. Eux aussi s'étaient mis à m'éviter quand j'avais pris la tête de l'entreprise. Ils me jugeaient trop intimidante. Un compliment à mes oreilles. Être perçue ainsi me flattait. Aucun ne m'avait jamais donné envie de changer. Mais là, tout de suite, je brûlais de toucher Valentin. De sentir si son corps était aussi ferme et brûlant qu'il en avait l'air sous le soleil tropical. Ce genre d'attraction sexuelle me perturbait. C'était inédit pour moi.

L'une des raisons pour lesquelles j'avais accepté d'épouser Constantin était que sa beauté, bien qu'indéniable, me laissait de marbre. J'admirais son physique, sans pour autant être attirée par lui malgré sa ressemblance avec Valentin. Bien sûr, si nous voulions des héritiers, il faudrait bien que nous devenions intimes à un moment donné. Mais j'avais volontairement oblitéré cet aspect-là. Ce qui comptait, c'était l'enfant. Le sexe, je n'y pensais pas.

— Un problème ? s'enquit Valentin en se redressant de toute sa hauteur, un sourire narquois aux lèvres. À moins que tu aimes ce que tu vois ?

Ma colère revint en force, décuplée par ma réaction à sa nudité. Pourquoi y étais-je si sensible ? Je devrais avoir tourné la page depuis longtemps ! J'avais tellement pleuré pour lui. Au bout d'un an, mon père en avait eu assez. Valentin était mort. Pleurnicher ne le ramènerait pas, m'avait-il sermonnée. Je ferais mieux de me concentrer sur mes études. Ne projetais-je pas d'aller à l'université et de reprendre l'entreprise familiale ?

J'avais suivi son conseil. Non, Valentin n'était plus là. D'ailleurs, il m'avait laissée tomber. Pourquoi me mettre dans un tel état pour un garçon qui avait préféré lâchement couper les ponts plutôt que tenir sa promesse ? Mon père avait raison. Pleurer ne servait à rien. Après cela, je n'avais plus jamais versé la moindre larme pour lui.

— Je veux des réponses, articulai-je, ignorant sa provocation. Maintenant.

— Oh ! maintenant ?

Un sourire arrogant incurva ses lèvres.

— Et que me donneras-tu en échange ? J'ai déjà quelques idées en tête…

— Je ne te donnerai rien du tout, le rabrouai-je, les yeux résolument plantés dans les siens.

Surtout, ne pas se laisser distraire par sa nudité.

— Tu me dois des explications, Valentin. C'est le moins que tu puisses faire.

— Le moins que je puisse faire, vraiment ?

Je marchai sur lui, les poings serrés.

— Tu m'as kidnappée, espèce d'ordure ! Et tu m'as déshabillée !

— Ah, oui. Désolé pour cela.

Il ne semblait pas désolé le moins du monde.

— Tu dormais. J'ai dû te porter jusqu'à la villa, puis demander à une de mes employées de te changer. Garder les mêmes vêtements plus de quinze heures n'est jamais agréable. Quant au kidnapping… C'était le moyen le plus rapide de t'éloigner de Madrid.

Ces explications ne firent rien pour me calmer.

— Et pourquoi aurais-je dû quitter Madrid ?

Je fis un autre pas vers lui.

— Où suis-je ? Pourquoi m'as-tu amenée ici, Valentin ? Que t'est-il arrivé ?

Les questions se bousculaient sur mes lèvres. Je serrai la mâchoire avant d'en dire trop. De lui avouer combien je l'avais pleuré, par exemple, ou comment il m'avait brisé le cœur. Il n'avait pas besoin de savoir cela. J'avais mis des années à m'endurcir contre ce genre de faiblesse. Plus jamais je ne me livrerais avec insouciance comme je l'avais fait à quinze ans. J'étais Olivia Wintergreen, P-DG de Wintergreen Fine Diamonds.

Mon père m'avait appris que, pour occuper ce poste, je devais moi-même être un diamant. Dur. Acéré. Inattaquable. Et c'était ce que j'étais devenue.

Valentin garda le silence un long moment, gardant une expression hermétique. Soudain, il combla la distance entre nous, toujours nu et ruisselant. Son regard happa le mien.

— T'ai-je manqué, Livvy ?

Il me caressa la joue, et ce simple geste suffit à fissurer mon armure pour m'atteindre droit au cœur.

— Cela faisait si longtemps… *Trop* longtemps.

Son odeur épicée m'enveloppait, noyée dans l'effluve salé de l'océan dont il sortait. Cela me ramena immédiatement à ce fameux soir sur notre plage secrète. C'était une de ces chaudes soirées tropicales où l'air était lourd du parfum des fleurs, mais assez doux pour rester agréable. Nous venions de nous baigner, bien que mon père m'eût défendu d'aller dans l'eau après la tombée de la nuit. Il aurait aussi vu d'un mauvais œil que je fréquente Valentin, s'il l'avait su.

J'aimais Val de tout mon cœur. Je ne voulais être avec personne d'autre.

Nous nous étions allongés sur le sable, la peau encore humide après notre baignade. Mon corps était en effervescence, si proche du sien. Il s'était redressé sur un coude et m'avait regardée. Puis il m'avait effleuré la joue du bout des doigts, comme il venait de le faire. J'attendais, tremblante, qu'il m'embrasse… J'en avais tellement envie ! Son visage s'était approché du mien. Ses lèvres étaient chaudes et étonnamment douces…

Je chassai ce souvenir.

— Que se passe-t-il, Valentin ? réitérai-je plus fermement. Où suis-je ? Je dois rentrer à Madrid.

Son sourire s'évanouit et sa main retomba.

— Non, tu restes ici. Tu ne l'épouseras pas, Olivia. Je te l'interdis.

— Comment cela, tu me l'interdis ?

L'indignation me gagna. Il s'approcha d'un transat et récupéra sa serviette posée là.

— Tu m'as très bien entendu.

Il se sécha avec vigueur, avant de se passer la serviette autour du cou, une extrémité dans chaque main, toujours sans faire le moindre effort pour se couvrir.

— Ce mariage n'aura pas lieu. Je ne te laisserai pas faire.

— Pardon ?

Je n'en croyais pas mes oreilles. Non, mais quel culot !

— Et qu'est-ce qui te fait croire que tu as ton mot à dire ?

Une lueur amusée pétillait dans ses yeux. Mais je sentais aussi une dureté chez lui, plus tranchante qu'un scalpel. Elle n'était pas là avant. Ou peut-être ne l'avais-je simplement jamais remarquée ? Je pris une grande inspiration. Une chose était sûre : cet homme n'était plus le garçon que j'avais connu. Il était devenu quelqu'un d'autre, infiniment plus dangereux.

Et terriblement fascinant.

Non, absolument pas ! me repris-je. Il m'avait kidnappée et traînée à l'autre bout du monde sans me demander mon avis. Tout cela parce qu'il s'opposait à ce que j'épouse son frère. Il était devenu complètement fou ! Il n'y avait rien de fascinant à cela.

— Je vais voir la police, l'avertis-je. Je leur expliquerai comment…

— Tu n'es pas prisonnière, Olivia, m'interrompit-il. Tu peux t'en aller quand tu veux.

— Tu viens de dire…

— Disons qu'il faudra te débrouiller seule. Je n'ai qu'un seul pilote, et il n'est pas là.

Mon sang ne fit qu'un tour. Je le bousculai sans ménagement et franchis la porte-fenêtre, le drap plaqué sur ma poitrine. La terrasse semblait faire le tour de la maison. Je continuai à marcher afin d'en avoir le cœur net. Ma première impression se vérifia : la terrasse ceignait la villa, qui s'élevait au cœur d'un îlot minuscule, entourée d'un écrin de verdure et d'une plage de sable blanc. La terrasse se prolongeait en jetée s'étirant sur le lagon turquoise. Mais il n'y avait rien d'amarré à son extrémité. Ni hydravion ni bateau. Et rien non plus au-delà. Rien d'autre que l'océan s'étendant à perte de vue sous le torride soleil tropical.

Ma colère était telle que je suffoquai. Il m'avait menti ! J'étais bel et bien prisonnière. Il n'y avait aucun moyen de quitter l'île, et il le savait.

Je fis demi-tour vers la maison, une luxueuse villa semblant flotter au-dessus du lagon. À quand remontait mon dernier voyage sous les tropiques ? Je n'aimais pas les destinations chaudes, ni la plage avec son sable qui se faufilait partout. Plus maintenant. Les coups de soleil et les insolations étaient mes pires ennemis. Je détestais devoir constamment porter un chapeau et m'enduire de crème solaire pour me prémunir du soleil. Je n'avais rien à faire ici ! Je voulais rentrer à Madrid. Mieux encore, à Londres, dans notre vieille demeure familiale de Hampstead qu'habitait toujours ma mère. Un refuge familier où j'avais mes repères.

Une autre pensée me traversa. Et l'entreprise ? Les dettes ? Comment réagirait le conseil s'il apprenait que j'avais été enlevée par Valentin ?

Et Constantin ?

Mon estomac se souleva. Constantin savait pour Valentin et moi autrefois. Pas une fois il n'avait évoqué le sujet. Il ne prononçait jamais le nom de son frère. Partirait-il à ma recherche ou croirait-il que j'avais suivi Valentin de mon plein gré ? Dans le second cas, voudrait-il toujours m'épouser ? S'il changeait d'avis, je pouvais dire adieu à Wintergreen Fine Diamonds…

L'étau se resserra autour de ma poitrine. Ces dettes avaient besoin d'être réglées. Sans parler du conseil, qui cherchait une excuse pour se débarrasser de moi depuis la mort de mon père. Ils n'aimaient pas l'idée d'une femme à leur tête. Encore moins les changements que je comptais instaurer. Voilà qui leur offrait le prétexte idéal pour m'évincer. Maudit Valentin ! Qu'il aille au diable !

Je devais à tout prix rentrer. J'avais travaillé si dur pour en arriver là ! Pour prouver que j'étais capable de diriger l'entreprise familiale mieux que n'importe quel fils. Pas question de tout perdre à cause de l'arrogance d'un seul homme.

Je marchais comme une tornade, insensible au bois brûlant sous mes pieds. Valentin était sorti sur la terrasse. Dieu merci, il s'était habillé ! Il se tenait là, sexy en diable en T-shirt et jean délavé, les mains enfoncées dans les poches. Et il me regardait. Malgré sa posture décontractée, son sourire était le même que lorsqu'il avait fait irruption aux funérailles. Celui d'un prédateur contemplant sa proie sans défense en se léchant les babines. Dommage pour lui…

Je n'étais la proie de personne.

— Tu vois ? lança-t-il. Tu peux aller où tu veux.

Je ne ralentis pas. C'était comme si cette colère avait toujours été en moi, bâillonnée pendant que je m'efforçais de prouver que j'étais à même de diriger Wintergreen bien que je sois une femme. « Ils ne te respecteront pas si tu apparais faible. Sois intraitable », m'avait répété mon père à propos du conseil, après s'être résigné à me léguer l'entreprise afin qu'elle reste dans la famille. « Sois un diamant. La beauté du diamant n'a d'égale que sa dureté. La force de la pierre lui vient d'avoir été créée sous pression. Ce sera pareil pour toi. »

J'étais tout sauf un diamant en cet instant. Ni froide ni acérée, mais folle de rage contre Valentin. De quel droit mettait-il en péril mon entreprise ? Comment osait-il chambouler ma petite vie bien organisée ? Il me replongeait dans un maelström d'émotions que je croyais avoir surmonté depuis longtemps, sans se soucier du mal qu'il me faisait.

Parvenue à sa hauteur, je levai la main et le giflai de toutes mes forces.

4.

Valentin

Elle était majestueuse, cheveux et drap au vent. Une déesse vengeresse dont les yeux lançaient des éclairs. Le tissu léger épousait amoureusement ses courbes : les seins ronds, les hanches pulpeuses, les cuisses galbées. Le vernis de glace avait fondu, consumé par ce feu intérieur qui avait toujours été là et la faisait rayonner tel un soleil.

Le désir me foudroya. Adolescent, je me demandais quelle femme elle deviendrait plus tard. J'aurais dû être présent pour le voir, et je l'aurais été, sans Constantin. Mais elle était là, maintenant, devant moi dans toute sa glorieuse beauté. Je la voulais. Et, comme je ne me refusais rien, je la ferais mienne. Mais, dans l'immédiat, il était clair qu'elle s'apprêtait à me gifler.

Sans surprise, sa main se leva. L'espace d'une fraction de seconde, j'hésitai à parer, puis me ravisai. Si elle avait besoin de cela pour se défouler, autant la laisser faire. La violence était une option. Il en existait d'autres, bien sûr, beaucoup plus agréables, pour se décharger de son trop-plein d'émotions. Peut-être pourrais-je l'y initier lorsqu'elle aurait compris que me frapper ne changerait rien.

Je ne bougeai pas, ni ne sourcillai quand vint la gifle. J'avais connu pire. Non qu'elle eût besoin de le savoir. Le claquement de sa paume contre ma joue résonna dans l'air humide. *Aïe.* Elle n'y était pas allée avec le dos de la cuillère. Je souris. Parfois, la douleur exacerbait le plaisir. Je n'avais rien contre.

— Soulagée ? demandai-je.

Elle me jeta un regard noir, la respiration hachée. Peu à peu, la colère dans ses yeux retomba.

— Mon Dieu, qu'est-ce que tu me fais faire ? murmura-t-elle, l'air horrifié.

Ce feu en elle, je ne voulais pas qu'il s'éteigne. Je ne la laisserais pas battre en retraite derrière cette façade qu'elle érigeait entre elle et le monde. Alors qu'elle faisait mine de reculer, je la retins par le poignet et l'attirai à moi.

— Je n'ai rien fait, objectai-je. C'était ta volonté. Et tu étais magnifique. N'hésite pas à recommencer, j'adore te voir comme cela.

La tension entre nous grimpa en flèche. Ses iris virèrent à l'orage. Le soleil parait ses cheveux d'or et son parfum se mêlait à l'odeur de l'océan. Soudain, j'étais de nouveau dans les Caraïbes, sur cette plage à mi-chemin entre nos résidences respectives où nous avions l'habitude de nous retrouver. Nous allions nous baigner, nous nous allongions sur le sable et discutions de tout et de rien. Parfois, nous allumions un feu afin d'y faire griller des Chamallows. Nous nous disputions, pour mieux nous réconcilier. Peu à peu, notre amitié avait pris un autre tour… Elle avait quinze ans, et nous n'avions échangé qu'un seul baiser. Mais mon cœur lui appartenait.

Cela n'avait pas changé.

Son poignet paraissait si fragile entre mes doigts. Son pouls battait à toute allure. Son souffle se raccourcit encore. Pendant une seconde, je crus qu'elle allait lever la tête et presser ses lèvres satinées sur les miennes. Je savourais déjà la douceur de son baiser…

Elle se dégagea brutalement et recula de plusieurs pas, avant de me tourner le dos. Elle resta là, très raide, abîmée dans la contemplation de l'océan Indien. Mon sang bouillonnait dans mes veines. Les battements de mon cœur étaient assourdissants. J'avais été si sûr qu'elle allait m'embrasser. Fléchir pour moi et libérer cette passion que je savais bien vivante en elle.

Apparemment non. Je n'avais qu'une envie, la serrer contre moi. Arracher le drap qui la couvrait. L'allonger sur le transat et la prendre là, sous le brûlant soleil des Maldives.

Rien ne m'en empêchait. Elle avait beau m'avoir repoussé, j'avais lu le désir sans ses yeux. Elle ne ressentait pas que de la colère… Elle avait envie de moi. Je n'aurais qu'à capturer ses lèvres pour qu'elle fonde entre mes bras. Mais était-ce vraiment ainsi que je voulais que les choses se passent ?

Mon regard erra sur ses épaules rigides de tension. Je ne m'étais jamais privé de rien. Pas même d'embrasser ces émotions défendues que mon père méprisait : colère, amour, désir, culpabilité, haine, chagrin… Plus rien ne m'était interdit, aujourd'hui. La colère était mon émotion de prédilection. Elle pimentait tout – surtout le sexe. Olivia était furieuse contre moi. Lui faire l'amour maintenant serait époustouflant. Mais quelque chose me retint. Je haïssais les règles et les limites. Je haïssais devoir me brider ou me faire violence. Pourtant, je restai cloué sur place, retenu par une étrange force invisible. Mon instinct me soufflait qu'il était encore trop tôt.

J'avais un plan, je devais m'y tenir. L'idée était de garder Olivia sur l'île le temps de neutraliser la menace que représentait Constantin. Après quoi, je rebâtirais notre relation d'avant, de sorte qu'elle tomberait amoureuse de moi et m'épouserait. Alors elle serait à moi pour toujours. Oh ! je pourrais l'amadouer pour la mettre dans mon lit. Ce ne serait pas la première fois que je recourrais à la manipulation. C'était de cette façon que j'avais monté mon entreprise. Mais la récompense serait plus gratifiante si elle venait à moi de son plein gré, poussée par son propre désir. Je la voulais subjuguée, comme elle l'avait été autrefois.

Toi aussi, tu étais fou d'elle. Ne l'oublie pas.

C'était vrai. J'avais imaginé d'innombrables scénarios où nous serions ensemble, hors d'atteinte de mon père. Plus de leçons, ni de punitions. Plus jamais il n'essaierait de me façonner à son image : un roc sans cœur, écrasant tout et tout le monde.

J'échouais systématiquement à ses tests. Je ne suivais aucune de ses règles, et les châtiments pleuvaient.

Constantin, de son côté, faisait tout ce que Domingo lui disait de faire. Il était le fils idéal, absorbant comme une éponge les leçons qui lui étaient inculquées. Il était devenu cruel et sans pitié. En fait, il était devenu Domingo lui-même. À tel point que, quand Domingo m'avait défendu de revoir Olivia et que j'avais désobéi, il nous avait dénoncés.

Constantin nous espionnait parfois sur notre plage secrète. Olivia l'avait rencontré à une ou deux reprises. Je l'avais soupçonné d'avoir le béguin pour elle, lui aussi. Mais il était trop pisse-froid, et c'était moi qu'elle préférait. Jusqu'au jour où il était allé raconter à Domingo que je la voyais toujours. J'avais compris mon erreur, alors. Ce n'était pas l'affection d'Olivia qu'il cherchait, mais l'approbation de notre père.

Et à qui la faute ?

J'avais échoué à le protéger contre les manipulations de Domingo. Pour finir, il avait retourné sa veste. C'était à cause de moi s'il était devenu comme notre père. C'était donc ma responsabilité de sauver Olivia de ses griffes, ainsi que Silver Inc. et tous ses employés. Personne ne savait que Domingo était un monstre, ni que Constantin en était devenu un aussi. Personne à part moi.

Alors non, je ne la manipulerais pas. Ce serait agir comme Domingo. Jamais je ne m'abaisserais à son niveau. J'étais patient. J'attendrais qu'elle vienne à moi.

— J'ai des affaires à régler, l'informai-je. Cela risque de me prendre la journée. Dînons ensemble ce soir, et je répondrai à toutes tes questions.

Elle ne se retourna pas.

— Et mon entreprise ? Tu y as pensé ? Et mon fiancé ?

Son fiancé ? Non. Il ne l'était plus. La seule pensée de mon frère me mit en rage. Je laissai à ma fureur le temps de s'apaiser d'elle-même.

— Tu es libre d'explorer les lieux à ta guise, répondis-je. Rien n'est hors limites. Des vêtements sont à ta disposition dans ta chambre et je te ferai apporter un ordinateur si tu souhaites travailler.

Elle tourna la tête à ces mots.

— Travailler ?

— Tu as mentionné ton entreprise. Elle est dans une situation délicate, ai-je cru comprendre.

Je le savais, j'avais consulté ses comptes. J'étais passé maître dans l'art de dénicher des informations. Surtout celles qu'on tenait à garder confidentielles.

Olivia resta impassible.

— Qu'est-ce qui te fait dire cela ?

J'hésitai à lui révéler que j'avais suivi toute sa vie depuis ses dix-huit ans. Cela avancerait-il ma cause ? Ou aurait-elle peur de moi, au contraire ? Sans doute la seconde option. Je n'avais aucun remords. Quelqu'un devait la protéger. Tant que Domingo avait été de ce monde, ce quelqu'un, c'était moi.

— Je sais tout de toi, Livvy, dis-je avec douceur. Absolument tout. Des mauvais investissements de ton père qui ont laissé Wintergreen au bord de la faillite, à la somme que Constantin est prêt à y injecter pour remettre l'entreprise à flot, en passant par les diplômes que tu as travaillé si dur à obtenir, toujours major de ta promotion. Je sais que tu as peu d'amis et que tu n'as jamais eu de petit ami. Je sais que tu te sens seule, et que Constantin étouffera cette passion qui brûle en toi par son influence délétère.

Olivia s'était figée, froide et immobile.

— Je t'observe depuis tes dix-huit ans, continuai-je. Tu avais besoin d'être protégée. Moi seul en étais capable.

Il y eut un long silence. Puis, lentement, elle me fit face. J'avais toujours su lire en elle comme en un livre ouvert. Ce qui se passait dans sa tête n'avait aucun secret pour moi. Sauf en cet instant.

— Me protéger ?

Elle arqua un sourcil.

— Me protéger de quoi ?

Elle avait mordu à l'hameçon. Elle voulait en savoir plus.

Parfait.

— Si tu veux le savoir, dîne avec moi ce soir, lançai-je en souriant. Je te l'ai dit. Je répondrai à toutes tes questions.

Sans attendre sa réponse, je tournai les talons et m'en allai. Avant d'en dire trop.

5.

Olivia

Toujours en nuisette, je passai à l'action. Je descendis de la terrasse afin de m'aventurer plus loin. Je croisai bien quelques employés. Mais soit ils ne parlaient pas anglais, soit ils ne voulaient rien avoir à faire avec moi. Tous se contentèrent de secouer la tête quand je les abordai avant de s'éloigner. C'était tellement frustrant !

L'île en soi était minuscule, couverte d'une végétation si dense qu'elle rendait impossible toute exploration en dehors des sentiers tracés. Surtout dans cette tenue. Aucun hangar nulle part n'abritait de bateau que je puisse emprunter pour prendre le large. Autant me rendre à l'évidence : j'étais prise au piège sur cette île, sans aucun moyen d'en partir. Fulminer en déambulant au hasard enroulée dans un drap ne m'avancerait à rien.

Pour finir, je regagnai la villa. Contigu à ma chambre se trouvait un grand dressing, dont les tiroirs et penderies regorgeaient de robes d'été, de hauts fluides et de jupes légères. Pour ma part, je privilégiais les tailleurs sérieux, une armure destinée à rappeler au conseil qui j'étais : pas une simple femme, mais le P-DG de Wintergreen et un meilleur dirigeant que mon père ne l'avait été. Hélas, aucun tailleur en vue dans ce dressing. Seulement de jolies tenues à volants et autres fanfreluches qui me rappelaient beaucoup trop ma mère.

Elle était toujours apprêtée et féminine, car c'était ainsi que mon père la voulait. Elle se pliait à toutes ses volontés. C'était sa façon de se racheter de ne pas lui avoir donné le fils dont il rêvait. Elle se sentait coupable et s'en excusait constamment auprès de lui. Elle l'aimait. C'était cela, le problème. Parce qu'elle l'aimait, elle était restée avec lui, bien qu'il ne lui témoignât ni respect ni affection. Cela me dépassait. L'amour transformait les gens en paillassons. Ce n'était clairement pas pour moi.

Pour ce qui était de m'habiller, je n'avais guère le choix. J'allais devoir choisir quelque chose dans ce dressing. Mais d'abord, direction la salle de bains. Au centre de la pièce, une baignoire faisait face à une baie vitrée donnant sur le lagon. J'éprouvai un pincement au cœur devant ces eaux turquoise bordées de sable blanc. Cela me rappelait un lieu auquel je n'avais pas envie de penser, et des sentiments que j'avais cru enfouis depuis longtemps…

Je les chassai résolument et passai sous la douche. De retour dans le dressing, je cherchai des sous-vêtements. Il n'y en avait pas. Avec un soupir résigné, je me rabattis sur un bikini mauve noué par des cordons sur les hanches. Pas du tout le genre de chose que je portais habituellement. Mais, puisque j'avais besoin d'un soutien-gorge et d'une culotte propres, cela ferait l'affaire. Pourquoi Valentin disposait-il de toute une garde-robe féminine ? Tenais-je vraiment à le savoir ?

Je jetai mon dévolu sur une robe bleu clair, ravissante avec son col V et sa taille empire. Par chance, elle m'allait comme un gant. Là encore, ce n'était pas du tout mon style. La soie caressant ma peau me donnait l'impression d'être nue malgré le bikini en dessous. Au moins, elle était légère. Par cette chaleur, c'était déjà cela.

Une fois habillée, je partis explorer la villa. Elle était immense, lambrissée du même bois clair que dans ma chambre, avec un mobilier simple tapissé de lin blanc. Les objets d'artisanat local disposés çà et là et les œuvres abstraites aux murs ajoutaient à l'atmosphère sereine des lieux. La décoration, volontairement sobre, laissait la part belle à la vue sur le lagon, si spectaculaire que rien ne lui arrivait à la cheville. Les seuls bruits étaient ceux de l'océan lapant les fondations de la villa, les cris des oiseaux et le ronronnement occasionnel d'un avion ou d'un bateau au loin. C'était si paisible... Une part de moi était tentée de s'affaler sur un canapé avec un bon livre ou de plonger dans ces eaux chaudes invitant à la baignade.

Mais non. Je n'étais pas là en vacances ! J'avais été kidnappée et amenée ici de force par Valentin. Je devais garder un œil sur la situation à Wintergreen. Pas question de laisser le conseil me cataloguer comme demoiselle en détresse. Il était vital que je contacte mon équipe afin de limiter les dégâts. Constantin aussi avait besoin de savoir que j'allais bien.

Dans le salon, un ordinateur portable et un téléphone avaient été placés à ma disposition sur une table basse. Je n'hésitai pas une seconde. Ne parvenant pas à joindre Constantin, je lui laissai un message vocal. Puis je contactai Rachel, mon assistante.

— Pourquoi m'appelles-tu ? Tu es censée être en vacances ! me sermonna-t-elle avant que je puisse en placer une.

— En vacances ?

— Depuis le temps que je t'y encourageais... C'est bien, que tu te sois enfin décidée à prendre un mois de congé.

Comme si j'allais faire une chose pareille dans la position où se trouvait l'entreprise. De quoi diable Rachel parlait-elle ?

— D'où tiens-tu cela ? demandai-je, perplexe.

— Oh ! M. Silvera a appelé quand tu étais à Madrid pour nous prévenir qu'il t'emmenait en voyage surprise.

— M. Silvera a appelé, répétai-je d'une voix blanche.

— Oui. Il semblait très content de lui.

Rachel prit un ton de conspiratrice.

— Allez, raconte-moi tout. Où t'a-t-il emmenée ? Dans un endroit paradisiaque, je parie.

Un odieux soupçon me saisit.

— Dis-moi, as-tu entendu parler de quelque chose d'inhabituel aux informations ? Un kidnapping, par exemple ?

— Un kidnapping ? Pas spécialement, non. Pourquoi ?

Constantin ne risquait pas de m'emmener en vacances surprises. Ces deux mots n'existaient sans doute même pas dans son vocabulaire. Visiblement, il n'avait pas non plus signalé mon enlèvement par son frère jumeau revenu d'entre les morts. Pour quelle raison ?

— Merci, Rachel, écourtai-je avant de raccrocher.

Le cœur battant, j'allumai l'ordinateur et effectuai une brève recherche. Rien sur le retour de Valentin Silvera. Rien non plus sur la disparition d'Olivia Wintergreen en pleines funérailles du père de son fiancé. Aucun signalement d'incident à la villa de Constantin à Madrid. Une sueur froide perla entre mes omoplates.

C'était Valentin qui avait appelé Rachel. Il s'était fait passer pour son frère en inventant cette histoire de voyage impromptu. Et, Dieu seul sait comment, Constantin avait réussi à cacher aux médias la soudaine réapparition de Valentin et mon kidnapping subséquent. Pourquoi ? Quelles étaient ses intentions ? Cela lui était-il égal de me retrouver ?

Je repris le téléphone et appelai chez moi à Londres. Ma mère décrocha.

— Oh ! c'est toi. Comment se passent tes vacances ?

Alors Valentin l'avait contactée aussi. Cette ordure avait tout prévu dans les moindres détails !

« Je sais tout de toi, Livvy. Absolument tout. »

Ma mère n'avait aucune idée du cauchemar que je vivais. C'est elle-même qui mit fin à l'appel pour que je « file retrouver mon fiancé ». J'avais de la chance de l'avoir. Il méritait que je sois aux petits soins pour lui. C'était typique d'elle. Tant qu'une femme s'occupait de son homme, tout allait bien dans le meilleur des mondes.

Je me laissai aller sur le canapé, le regard perdu vers l'océan. Les mots de Valentin résonnaient dans ma tête. J'étais furieuse, quand je l'avais giflé, mais aussi sous le choc et en pleine confusion. À juste titre. Mes émotions s'embrouillaient, exactement comme quinze ans plus tôt. J'étais tombée amoureuse, cet été-là. J'avais échangé mon premier baiser, avant d'être trahie par le garçon que j'aimais, puis anéantie par sa perte.

J'étais en pleine rébellion contre mon père, à l'époque. Il m'avait interdit de fréquenter ces « vauriens de Silvera ». Mais je l'avais ignoré, filant en douce retrouver Valentin à notre plage secrète. Je m'épanchais auprès de lui sur mon père, sans cesse à critiquer mes « crises de gamine ». Je n'avais aucune envie de reprendre sa stupide entreprise. Je voulais suivre ma propre voie, pas celle qu'il avait tracée pour moi.

En fin de compte, mon père avait raison. Je n'étais qu'une gamine naïve. Après la mort de Valentin, c'était comme si le soleil avait disparu de ma vie. Le monde était devenu sombre et froid, et j'avais grandi à son image. Mon chagrin, mon cœur meurtri, mes rêves d'enfant… J'avais tout laissé derrière moi pour devenir un diamant que rien n'entamait. Du moins le croyais-je.

La brusque réapparition de Valentin m'avait bouleversée. Et avec lui avaient rejailli des sentiments que je pensais avoir éradiqués de mon cœur. Je n'avais aucune envie de revivre cela. Tout ce que je voulais était diriger Wintergreen, remettre les conservateurs du conseil à leur place et prouver que mon père avait tort. Il n'avait jamais eu besoin d'un fils. J'avais les compétences nécessaires.

Et n'était-ce pas un avantage que je sois une femme, puisque épouser Constantin me permettrait de régler les dettes accumulées par mon père ? En contrepartie, il prendrait les rênes un an ou deux, le temps que l'entreprise rebondisse. Laisser un homme me remplacer, même provisoirement, n'était pas idéal. Mais c'était le prix de son soutien financier, et j'étais prête à le payer. D'autant qu'il avait accepté d'être le père de mes futurs enfants. L'autre possibilité était une FIV, un processus long et physiquement éprouvant. Puisque j'avais un homme sous la main, pourquoi ne pas en profiter ? M'unir à Constantin était la solution à tous mes problèmes.

Jusqu'à ce que Valentin resurgisse et mette ma vie sens dessus dessous.

Je revoyais la flamme dans ses yeux. Son sourire de prédateur. Il m'avait laissée le gifler sans battre d'un cil. Puis il m'avait attirée à lui, et plus rien n'avait existé que la chaleur de son corps enveloppant le mien. Son odeur épicée. Sa bouche sensuelle, si proche… Je m'étais remémoré notre premier baiser, alors. La douceur de ses lèvres m'avait surprise. Leur pression légère sur les miennes avait fait courir de délicieux frissons sur ma peau. Ce baiser avait été magique. Il avait changé ma vie.

Tu meurs d'envie qu'il t'embrasse de nouveau.

Je serrai les poings. Non, cela n'arriverait pas. J'avais fait le deuil du garçon qu'il avait été et n'étais pas intéressée par l'homme d'aujourd'hui. Il m'avait kidnappée ! Il me retenait prisonnière à l'autre bout du monde, prétendument pour « me protéger » ! Tout ce que j'attendais de lui était des réponses. Et il me les donnerait. Ce soir, lors de notre dîner. Après quoi, je l'obligerais à me ramener chez moi. D'une façon ou d'une autre.

6.

Valentin

Tout était parfait. J'y avais veillé. Une table recouverte d'une nappe immaculée occupait l'extrémité de la jetée. L'argenterie et les verres en cristal scintillaient à la lumière des lampes-tempête disposées stratégiquement autour, ainsi que tout le long de l'appontement. Leurs flammes vacillantes offraient un éclairage tamisé, suffisant pour voir ce que nous mangions sans pour autant éclipser les étoiles. Ce détail me tenait à cœur.

Une fois tout préparé, j'avais donné quinze jours de congés payés à tous les employés, du moment qu'ils quittaient l'île. Je ne voulais pas être dérangé. Pendant les deux semaines à venir, je tenais à rester seul avec Olivia, le temps de la rallier à ma cause.

Toute la journée, j'avais suivi mes affaires en Europe, tout en m'informant des faits et gestes de Constantin. Je lui avais ravi Olivia et projetais de le remplacer à la tête de Silver Inc. Quelle serait sa réponse ? D'après mon équipe juridique, personne ne savait où il était. Il semblait s'être volatilisé. Pas un seul média ne couvrait ma résurrection triomphale. Le nom d'Olivia n'apparaissait nulle part. Lorsque je parvins à joindre mon informateur au sein de la société, celui-ci m'apprit que Constantin avait donné l'ordre exprès de taire ce qui s'était passé à Madrid sous peine de renvoi.

Tout cela m'amusait. Constantin était si prévisible… Naturellement, il ne voulait pas qu'on sache que son jumeau était de retour. Pas avant de trouver le moyen de garder le contrôle de Silver Inc. tout en m'en excluant. Il se montrait sans pitié quand il voulait quelque chose. Comme il devait me haïr pour Olivia ! Nul doute qu'il planifiait déjà comment la récupérer. Hélas pour lui, ma sécurité patrouillait discrètement autour de l'île. J'avais aussi quelques hommes parmi les autorités sur Malé, l'île principale des Maldives. Si Constantin essayait de débarquer, j'en serais immédiatement averti.

Cependant, vingt-quatre heures s'étaient déjà écoulées, et il n'avait encore rien tenté. Cela me laissait perplexe, je devais l'admettre. Il n'y avait pas qu'Olivia que j'avais surveillée. Constantin aussi. Je savais qu'il ne ressentait rien pour elle. Il n'éprouvait rien pour personne. Mais elle était importante dans ses projets. Il l'avait choisie comme fiancée, et je contrecarrais ses plans. Rien que pour cela, il riposterait.

Moi aussi je le ferais, à sa place.

Alors que la soirée approchait, j'effectuai un dernier tour d'inspection. Tout était là. Le coûteux champagne français qu'Olivia affectionnait. Et bien sûr, tous ses plats préférés sans exception. Je voulais lui montrer que je n'avais pas oublié ce qu'elle aimait, ni ce que nous avions été l'un pour l'autre autrefois.

Je n'avais spécifié aucune heure. Elle me verrait sûrement, la jetée étant visible de la plupart des pièces. Je me demandai si elle me ferait attendre, par pures représailles. Mais non. J'étais à peine assis que je vis sa silhouette gracieuse sortir de la villa. Un magnifique coucher de soleil teintait de rouge et d'or l'azur du ciel. La chaleur de la journée s'était estompée au profit d'un air plus doux. Le décor était parfait.

Et Olivia plus encore.

Ses cheveux blonds cascadaient librement dans son dos, embrasés par le soleil couchant. À l'évidence, elle avait inspecté le dressing, que j'avais rempli de jolies choses pour elle, car elle portait ma tenue préférée : une robe bleu pâle flottant sensuellement autour d'elle à chacun de ses pas. La soie était si fine qu'on voyait à travers… le bikini qu'elle avait enfilé en guise de sous-vêtements. Je ravalai ma déception. J'étais confiant. D'ici quelques jours, elle s'en passerait.

Je me levai lorsqu'elle approcha, en vrai gentleman. Non que j'en fusse un. Mais il était important de respecter les conventions, surtout à ce stade de mon plan. Alors je contournai la table et reculai sa chaise pour elle.

— Bonsoir, mon étoile. Je t'en prie, assieds-toi.

Malgré son expression fermée, je surpris l'éclat dans ses yeux. Un feu brûlait en elle, ardent et indomptable. Je ne lui laissais d'autre choix que de s'asseoir. Cela devait l'agacer. Mais elle se contenta de prendre place sans un mot. Je poussai sa chaise, humant discrètement son parfum. Je mourais d'envie d'écarter ses cheveux et d'imprimer mes lèvres sur sa nuque délicate. Je me retins. Le moment n'était pas encore venu.

Lorsqu'elle fut installée, je sortis la bouteille de champagne du seau à glace, la débouchai et voulus la servir. Elle couvrit sa flûte de la main, le menton levé.

— Pas d'alcool. Tu m'as promis des réponses, Valentin.

Oh ! alors elle la jouait ainsi ? Intéressant. J'adorais son tempérament fougueux, mais je devais admettre que cette nouvelle Olivia, froide et impérieuse, me fascinait tout autant. Ces deux facettes étaient très excitantes. J'avais hâte de les explorer davantage.

— Au cours du dîner, rappelai-je. Nous n'avons pas encore commencé à manger.

— Je n'ai pas faim. Et je n'ai jamais consenti à cela.

Pas faim ? Mon personnel m'avait informé qu'elle n'avait rien mangé de la journée. Mais, si elle cherchait le défi, je m'en voudrais de la décevoir. Tout sourires, j'écartai sa main et remplis sa flûte malgré tout. Rien ne l'obligeait à la boire. Puis je versai du champagne la mienne et replaçai la bouteille dans le seau, avant de m'asseoir à mon tour.

— Je sais que tu es affamée. Tu n'as rien avalé depuis que nous avons quitté l'Espagne.

— Il n'y a pas de « nous », Valentin. Cesse d'agir comme si tu ne m'avais pas kidnappée.

J'ignorai sa rebuffade.

— Personne ne t'oblige à manger, ni à boire ce verre de champagne. Si tu préfères t'abstenir par mesquinerie, cela me va.

Son expression se durcit.

— Ce n'est pas de la mesquinerie.

— Non ? Alors pourquoi ne pas profiter de ce dîner ?

Elle pinça les lèvres d'un air buté. Une fois, sur notre plage, j'avais voulu lui apprendre comment allumer un feu. Je venais de lire un livre sur la question, je savais de quoi je parlais. Elle avait refusé d'écouter, affirmant qu'elle savait comment faire et que sa méthode était plus efficace. J'avais beau lui expliquer pourquoi elle avait tort, elle n'en démordait pas. Une vraie tête de mule. Pour finir, nous avions allumé un feu chacun de notre côté. Le résultat lui avait donné raison : sa façon de faire était bien la meilleure.

— J'en ai assez de tes petits jeux, Valentin. Dis-moi ce que tu veux et ce que tu comptes faire de moi.

Je soulevai ma flûte de champagne.

— Certainement. Mais d'abord… tu dois te faire pardonner.

L'incrédulité se peignit sur ses traits.

— Pardon ?

— Tu m'as giflé, Livvy. Ce n'est pas correct, de lever la main sur quelqu'un.

Elle soutint mon regard sans ciller.

— Si tu attends des excuses, tu peux toujours courir. Tu n'as eu que ce que tu méritais. Estime-toi heureux que je ne t'aie pas tordu le cou.

L'excitation me gagna. J'aimais cette intransigeance farouche qu'elle m'opposait. Croiser le fer avec Olivia se révélait terriblement addictif. Avait-elle toujours été ainsi ? Enfant, elle pouvait se montrer rancunière. Il lui arrivait de ne plus m'adresser la parole pendant des jours. Elle me rejoignait sur la plage et restait assise là, murée dans un silence furieux, à jeter des coquillages dans l'eau. Elle savait à quel point la voir était important pour moi, alors elle venait quand même.

— Je ne m'excuserai pas non plus de t'avoir amenée ici, répondis-je. Qu'en dis-tu ? Nous sommes quittes.

Ses yeux gris flamboyèrent. Non, elle n'était pas le diamant pour lequel elle se faisait passer. Encore moins dans cette robe de soie si seyante, sa longue chevelure ondoyant dans la brise. Peut-être ce soir lui ferais-je rendre les armes. Peut-être libérerais-je cette passion en elle qui ne demandait qu'à s'enflammer.

— Formidable, grinça-t-elle. Vas-tu te décider à éclairer ma lanterne, maintenant ?

Je me contentai de sourire.

— Juste une gorgée de champagne. Tu verras, il est excellent.

Elle leva les yeux au ciel.

— Mon Dieu ! Tu n'abandonnes jamais ?

— Jamais.

Avec une moue excédée, elle porta la flûte à ses lèvres et but une gorgée. Je n'en perdais pas une miette. C'était un champagne millésimé, son préféré. Son expression resta impassible. Mais cela ne l'empêcha pas d'avaler une seconde gorgée. Je souris, de façon ouvertement jubilatoire.

— Ravi que tu apprécies. À présent, chose promise, chose due.

Elle plissa des yeux méfiants, sans pour autant reposer sa flûte.

— Ce n'était pas un kidnapping, mais un sauvetage, énonçai-je. Je devais t'éloigner de Constantin le plus rapidement possible.

— Quoi ? Qu'est-ce qui te fait dire cela ?

— Domingo Silvera était un monstre. Et Constantin en est certainement devenu un aussi.

Une émotion indéchiffrable traversa le visage d'Olivia.

— Un monstre ? De quoi parles-tu ?

Sa surprise se comprenait. Domingo ne criait pas ses… *tendances* sur les toits. Les gens avaient peur de lui. Des rumeurs circulaient à son sujet. Mais personne ne connaissait la vérité.

Enfant, je rêvais que quelqu'un découvre sa vraie nature et le dénonce à la police. Ce n'était jamais arrivé. Domingo était maître dans l'art de donner le change. Son charisme et ses manières avenantes charmaient quiconque le rencontrait. En apparence, c'était un homme courtois et séduisant à qui tout réussissait. Derrière cette façade se cachait le diable en personne.

— Domingo était un psychopathe violent. Constantin a marché sur ses traces.

Olivia pâlit.

— C'est faux. Je sais que Domingo n'était pas un saint, mais…

— Je n'entrerai pas dans les détails, l'interrompis-je.

Elle n'avait pas besoin de les connaître.

— Disons simplement que, quand j'ai appris pour tes fiançailles, j'ai compris que je devais agir.

— Agir ?

— Domingo m'interdisait de te voir, tu le savais ? Je l'ai ignoré. Mais il a fini par découvrir le pot aux roses.

Inutile de mentionner la trahison de Constantin. Cela, c'était entre lui et moi.

— Il était hors de lui, poursuivis-je, la bile à la gorge à ce souvenir. J'en ai eu assez. J'ai réussi à m'échapper, et un inconnu m'a pris en stop. Mais il pleuvait, et il roulait beaucoup trop vite. On a eu un accident. Je m'en suis sorti indemne, pas lui. Mon ADN a été retrouvé dans la carcasse de la voiture, alors on a cru que c'était moi qui étais mort. Et j'ai décidé de le rester. Si Domingo avait su que j'étais toujours en vie, il m'aurait traqué jusqu'au bout du monde.

Cette fois, Olivia resta silencieuse. Tout était encore si vif dans ma mémoire… Le crissement des pneus. L'odeur d'essence. Le vacarme de métal arraché et de vitres brisées. J'avais réussi à me traîner hors de la voiture juste avant qu'elle explose. C'est là que l'idée m'était venue. Si je m'y prenais bien, c'était une chance unique d'être enfin libre.

— Voilà pourquoi je suis mort, conclus-je. Pour échapper à Domingo. Mais j'avais peur de ce qu'il était capable de te faire. Il m'avait menacé de s'en prendre à toi si je lui désobéissais. C'est pour te protéger que j'ai gardé un œil sur toi toutes ces années. Pour veiller sur toi.

J'avalai le contenu de ma flûte de champagne, la bouche étrangement sèche.

— Aujourd'hui, c'est de Constantin que je dois te sauver.

Olivia continua à me fixer en silence. Les émotions se succédaient sur son visage, trop fugaces pour que j'aie le temps de les décrypter. Après un moment, elle baissa les yeux et but une gorgée de champagne.

— Je ne sais rien de Domingo, murmura-t-elle. Si ce n'est qu'il m'a toujours mise mal à l'aise. Je suis désolée que tu aies été poussé à une telle extrémité.

Elle releva la tête et me regarda en face.

— Mais tu te trompes sur Constantin. Il n'est pas comme cela.

— C'est ce que tout le monde disait de Domingo, arguai-je.

— Tu as disparu pendant quinze ans, Valentin. Je suis sa fiancée. J'ai appris à le connaître, ces six derniers mois. Il n'est pas tel que tu l'imagines.

— Je l'ai observé autant que toi, répondis-je. J'ai de bonnes raisons de vouloir l'évincer de Silver Inc. Il doit penser que c'est parce que je veux récupérer la société. Je n'en ai pas besoin. Je suis assez riche. Non, c'est pour protéger ses employés que j'agis ainsi.

Mais elle fit la sourde oreille.

— C'est ridicule. As-tu la moindre preuve qu'il est… quoi, un psychopathe ? Un monstre sans pitié ? Il est distant, oui. Ambitieux. C'est un requin en affaires. Mais il ne m'a jamais fait de mal et n'a jamais eu un mot plus haut que l'autre.

C'était vrai. Je n'avais aucune preuve irréfutable que Constantin était comme Domingo. Je n'avais jamais entendu de rumeurs sur d'éventuelles tendances violentes et manipulatrices. Mais il était sans cœur et dépourvu d'empathie. Ses employés le craignaient, selon mon informateur. Sans doute parce qu'il maintenait une épée de Damoclès au-dessus de leurs têtes. La méthode favorite de Domingo pour s'assurer une obéissance totale. Elle n'avait jamais fonctionné sur moi. Mais Constantin l'avait sûrement adoptée aussi.

— Il a beau soigner son image, je ne suis pas dupe. Peu importe que je n'aie pas été là ces quinze dernières années. J'ai grandi avec lui. Je sais exactement comment il fonctionne.

Autrefois, oui. Mais aujourd'hui ?

J'ignorai cette question.

— Après tout, c'est mon frère jumeau, rappelai-je en souriant.

Olivia secoua la tête.

— Tu fais erreur. Du reste, cela ne change rien à la situation. M'amener sur cette île était absurde. Que vas-tu faire ? Me garder ici pour toujours ?

— Pas pour toujours, non.

J'injectai dans mon regard toute la force de ma détermination.

— Juste assez longtemps pour que tu tombes amoureuse de moi. Alors nous nous marierons. Comme nous nous l'étions promis.

7.

Olivia

Les yeux de Valentin brillaient d'une conviction absolue.

Peut-être est-ce de lui dont tu devrais avoir peur. Pas de Constantin.

Non, je ne craignais pas Constantin. Encore moins Valentin. J'étais furieuse, oui. Mais je n'avais pas peur.

Le parfum capiteux des fleurs embaumait l'air nocturne. C'était une soirée paisible, avec pour seul bruit de fond l'océan léchant les poteaux de la jetée. Les flammes des lampes-tempête projetaient autour de nous un chaud halo orangé. Le cadre tropical, la table romantique, le champagne… Tout était à couper le souffle.

À l'image de Valentin. Pieds nus, en simple jean et T-shirt blanc, il sirotait tranquillement son champagne, sa flûte en équilibre entre ses longs doigts bruns. La brise jouait avec ses cheveux et caressait sa peau hâlée par le soleil. Ses yeux étaient comme deux fenêtres sur l'espace, noir et infini, constellé d'étoiles incandescentes.

Domingo était un monstre qui avait interdit à Valentin de me voir ? Il l'avait menacé de me faire du mal ? Valentin avait feint sa propre mort pour lui échapper ? Je peinais à y croire. Encore que… Je n'avais jamais aimé Domingo. Il paraissait charmant, mais quelque chose chez lui, une sorte de détachement calculateur, me faisait froid dans le dos.

Constantin était différent. Bien que distant, il ne m'avait

jamais mise mal à l'aise comme Domingo. Il ne s'était jamais montré cruel avec moi. Jenny, sa demi-sœur, l'idolâtrait. Cette jeune femme solaire et enjouée ne vouerait pas une telle loyauté à un monstre. Quant à la volonté de Valentin de me faire tomber amoureuse de lui et m'épouser…

Force m'était d'admettre qu'elle faisait vibrer une corde sensible. Ses mots ravivaient des rêves d'adolescente que je croyais avoir laissés derrière moi… Un mariage avec Valentin ? Non. C'était complètement insensé ! Le garçon passionné d'autrefois avait grandi. Il était devenu un homme arrogant et égocentrique, qui ne supportait pas qu'on lui dise non. Un homme difficile, comme mon père. C'était la dernière chose dont j'avais besoin.

Et Constantin ? Il n'est pas difficile, lui ?

Bon, d'accord. Mais je n'éprouvais rien pour lui. Nous ne nous étions pas embrassés adolescents. Cela faisait toute la différence.

— Tu n'es pas sérieux, répondis-je avec hauteur. C'est ridicule. As-tu perdu la tête ?

Un sourire incurva ses lèvres.

— Peut-être. Quand on grandit élevé par un monstre, on garde quelques séquelles. Quelle importance que ce soit ridicule ? Nous sommes enfin réunis, Livvy. Juste toi et moi. Rien ne nous empêche d'être ensemble, cette fois.

Un frisson électrique me remonta l'échine. Je repensai à l'ado impétueuse que j'avais été. À tous nos moments ensemble, nos fous rires et nos prises de bec. J'étais tellement amoureuse ! Avec lui, j'avais enfin le droit d'être moi-même. Je n'étais ni stupide, ni capricieuse, ni trop émotive. Je pouvais me mettre en colère sans qu'on me reproche de faire une montagne de rien, ou rire aussi fort que je le voulais sans me faire rabrouer. Valentin m'acceptait telle que j'étais, avec mes émotions. C'est ce que j'aimais le plus chez lui.

Mais cette adolescente avait aussi une faiblesse. La même que sa mère… Son cœur. Ce garçon que j'avais tant aimé l'avait brisé sans états d'âme. Je n'étais réellement qu'une gamine, et elle était morte en même temps que Valentin. Je n'avais aucun désir de la ressusciter.

Mon instinct me soufflait de me lever et de m'en aller. Mais Valentin avait raison : par rébellion, je n'avais rien mangé de la journée. Une erreur que mon estomac me faisait à présent payer en gargouillant bruyamment devant les plats disposés sur la desserte. Salades diverses, poisson et fruits de mer sans doute fraîchement pêchés dans le lagon, petits pains maison agrémentés d'une noix de beurre… Tout avait l'air si appétissant !

Était-ce une coïncidence que tous ces plats soient aussi mes préférés ? Peu probable. Valentin avait tout prévu. Il voulait me faire tomber amoureuse de lui. Ce dîner était la première étape de son offensive de charme. Plutôt mourir de faim que d'y toucher.

Valentin se pencha par-dessus la table.

— Il y a aussi du dessert, m'annonça-t-il, le regard malicieux. Des Chamallows. Nous pourrions les faire griller ensemble au feu de bois.

Un souvenir me revint aussitôt. Une dispute à propos de la meilleure technique pour allumer un feu. J'avais douze ans. Valentin s'entêtait à dire que sa méthode était meilleure. Je l'avais traité d'idiot qui n'y connaissait rien. Il avait rétorqué que c'était moi l'idiote qui en savait encore moins. Il m'avait jeté du sable dessus avec le pied, et j'avais riposté en l'attaquant avec un bâton. Pour finir, chacun était allé allumer son propre feu à un bout de la plage pour prouver à l'autre qu'il avait tort.

Les colères de Valentin ne duraient jamais longtemps. Elles avaient l'intensité d'un ouragan et retombaient tout aussi vite. Après quelques minutes, il était venu inspecter mon feu. Un large sourire avait fendu son visage.

— Waouh, c'est génial, Livvy ! s'était-il exclamé, comme s'il ne m'avait pas traitée d'idiote quelques minutes plus tôt. Moi, je n'ai même pas réussi à obtenir une flamme.

Sa colère passée, il se moquait d'avoir raison ou tort. Après cela, nous nous étions réconciliés en faisant griller des Chamallows.

— Tu pourras allumer le feu, ajouta Valentin. Tu es douée pour cela.

Cette étrange sensation dans ma poitrine se manifesta de nouveau. Un mélange de nostalgie et…

Non. Hors de question de revenir en arrière.

Je soutins son regard, ignorant la chaleur qu'il ne manquait jamais de déclencher en moi.

— Je ne vais pas allumer de feu, Valentin. Merci pour le repas. Je suis sûre que tout est exquis. Mais ne compte pas sur moi pour me remémorer le bon vieux temps avec toi comme si de rien n'était.

Je saisis ma flûte et la terminai d'une traite. Parce que le champagne était excellent et que j'en avais besoin. Et parce que, même après tout ce temps, j'avais toujours autant de mal à le quitter.

— J'ai changé. L'adolescente que tu as connue autrefois n'existe plus. Je ne vais pas tomber amoureuse de toi. Encore moins t'épouser.

La tête me tourna lorsque je me levai. Je m'emparai d'un petit pain dans la corbeille.

— Cela me suffira. Merci pour le champagne.

Valentin ne bougea pas.

— Alors tu t'enfuis ? murmura-t-il alors que je m'éloignais. Tu as toujours fui tout le monde… Mais pas moi.

Je m'arrêtai net. Je maudissais ma faiblesse, mais quelque chose dans ses mots m'empêchait de faire un pas de plus.

— Tu ne voulais pas de moi sur ta plage secrète, tu te souviens ? reprit-il de cette même voix très douce. Tu étais tranquillement assise là à profiter du silence, et j'ai déboulé de nulle part… Tu as failli partir. Tu m'en voulais d'avoir envahi ton havre de paix. Mais tu es quand même restée.

Je m'en souvenais. J'avais dix ans et mes parents avaient eu une dispute. Mon père criait et ma mère s'excusait en pleurnichant. Je détestais cela. Il était cruel avec elle. Pourquoi courbait-elle l'échine sans broncher ? Cela me mettait hors de moi. J'avais envie de lui hurler de se défendre. Mais je savais que cela ne ferait qu'aggraver les choses. Alors j'avais couru me réfugier sur la plage que j'avais découverte quelques jours plus tôt. Une petite crique paisible, dissimulée entre les arbres et les falaises, dont personne d'autre ne connaissait l'existence.

Puis avait surgi ce garçon aux yeux noirs, un peu plus âgé que moi. Je l'avais aussitôt détesté. Il avait tout gâché en faisant irruption dans mon refuge secret. J'allais partir quand quelque chose de magique s'était produit. Contrairement à moi, Valentin n'avait pas été déçu de tomber sur quelqu'un. Non… Son visage s'était éclairé comme si c'était la meilleure chose qui lui soit jamais arrivée. Son sourire était éblouissant. J'avais eu l'impression d'être une créature magique et fabuleuse. Une personne à part entière et non plus un substitut de ce fils tant désiré par mes parents. Mon père n'avait aucune patience avec moi. Ma mère, elle, vivait dans l'angoisse que je fasse quelque chose qui lui déplaise, à lui.

— Reste, m'avait-il lancé. S'il te plaît, ne pars pas.

Dès la première seconde, j'avais perçu le feu qui l'habitait. J'étais restée là, envoûtée. Mon père était froid et distant. Ma mère, docile et effacée. Mais il y avait une intensité chez ce garçon qui m'avait attirée tel un papillon vers une flamme. Non, je ne l'avais jamais fui…

Alors pourquoi fuir maintenant ?

— As-tu peur de moi ?

Sa voix de velours érodait dangereusement mes défenses.

— T'ai-je effrayée avec mes histoires de monstres et de psychopathes ?

Mon cœur cognait à tout rompre. Faites qu'il n'approche pas ! Quelque chose risquait d'arriver s'il le faisait. Quelque chose dont je n'étais pas sûre de sortir indemne.

Alors pars !

Mais je me contentai de le toiser.

— Peur de toi ? Tu n'es pas sérieux !

Il ignora mon ton dédaigneux.

— Je pourrais être aussi fou que Domingo. Je me pose la question, parfois… Mais ce n'est pas de moi que tu as peur, n'est-ce pas ? C'est de toi-même.

Là encore, je restai clouée sur place, malgré mon instinct qui m'exhortait à partir. La brise souleva ma robe, et la soie légère caressa ma peau, me rappelant que je ne portais qu'un minuscule bikini en dessous.

— Épargne-moi ta psychologie de comptoir, répliquai-je dans un effort pour reprendre le contrôle.

Le regard de Valentin étincela.

— N'ai-je pas raison ? N'est-ce pas pour cela que tu t'en vas ?

Il recula sa chaise et se leva d'une détente fluide.

— Si je m'approchais, que ferais-tu ? Prendrais-tu la fuite ?

Il avança sans se presser, comme s'il avait tout le temps devant lui.

— Ou me tiendrais-tu tête comme autrefois ?

La colère que je croyais avoir domptée m'échauffa le sang. Il me mettait face à un choix impossible ! Tourner les talons maintenant serait me trahir. Mais rester et le défier était exactement ce qu'il attendait de moi. C'était tous ces souvenirs qu'il avait remués… Il avait utilisé notre histoire passée pour percer mon armure et toucher droit au cœur l'adolescente que j'avais été. Il m'avait manipulée…

Et je l'avais laissé faire.

Mon père avait toujours méprisé les emportements incontrôlés. C'était le signe d'un caractère faible, selon lui. Je n'étais pas faible. Alors je ne m'énervais jamais. Je me repliais derrière un froid détachement.

Mais je n'étais pas détachée, en cet instant. La colère bouillonnait dans mes veines, trop explosive pour être contenue. J'étais furieuse contre lui d'avoir ressuscité mes rêves d'autrefois. De m'avoir mise dans cette position de lâcheté, comme ma mère réduite à faire les quatre volontés de mon père. Plus que tout, j'étais furieuse contre moi-même d'être tombée dans le panneau.

Il continuait à avancer vers moi. La panique me gagna. Je devais agir, *maintenant !*

Je fis un pas, puis deux… et le poussai de toutes mes forces à l'eau.

8.

Valentin

Je savais qu'elle réagirait ainsi. J'avais appris à reconnaître les signes quand Olivia voyait rouge. À vrai dire, je m'attendais à une autre gifle. Mais, puisque nous étions proches du bord de la jetée, j'aurais dû le voir venir. Ce n'était pas la première fois qu'elle me faisait boire la tasse.

Elle s'amusait souvent à cela, autrefois. J'examinais tranquillement un coquillage sur notre plage quand, soudain, un bras surgissait de nulle part et me poussait. C'était un jeu entre nous. Cela la faisait rire, et, comme j'aimais l'entendre rire, je me laissais faire. Parfois, je l'entraînais dans l'eau avec moi. Loin de se fâcher, elle riait encore plus.

Pas cette fois. Par réflexe, je l'avais agrippée au moment de tomber. Je ne le regrettais pas. Je voulais qu'elle se souvienne de notre proximité d'autrefois. De nos fous rires et de nos moments complices sur la plage.

Domingo régentait jusqu'à nos contacts avec les gens. Constantin et moi n'avions ni amis ni connaissances. Mais notre père relâchait sa garde durant nos vacances aux Caraïbes. C'est ainsi que j'avais réussi à filer en douce à la plage. Olivia avait été ma première et seule amie. Quinze ans plus tard, malgré tout ce qui s'était passé, tout ce que j'avais dû faire pour en arriver là, elle l'était toujours.

Elle serait toujours la seule pour moi.

Elle poussa un cri indigné comme nous tombions à l'eau.

Sa robe lui empêtrait les jambes et ses cheveux partaient dans tous les sens. Elle semblait peiner à s'orienter. J'étais excellent nageur, aussi la pris-je dans mes bras pour la remonter à la surface. Elle était absolument furieuse, tout en s'accrochant à moi comme si sa vie en dépendait. Ses yeux brillaient à la lueur des lampes-tempête. L'eau ruisselait sur sa peau comme autant de gemmes liquides.

Elle était si belle ! Mon cœur s'arrêta. Un coup de poing dans mon épaule me tira de ma transe.

— Tu m'as fait basculer avec toi ! Ce n'est pas juste !

Je croyais entendre l'Olivia d'autrefois quand je gagnais à l'un de nos jeux. Elle protestait que ce n'était pas juste et me traitait de tricheur. Elle n'avait pas toujours tort. Ses colères me captivaient autant que son rire. Alors je fis ce dont j'avais rêvé tant de fois dans ces moments-là, adolescent…

Je penchai la tête et couvris sa bouche de la mienne.

Je me rappelais notre premier baiser comme si c'était hier. C'était mon premier tout court puisque, bien sûr, Domingo ne nous permettait pas, à Constantin et moi, de flirter. Je n'avais jamais serré une fille dans mes bras. Encore moins embrassé qui que ce soit. Notre baiser avait été très tendre. Cette tendresse était toujours là. Mais nous n'avions plus quinze et dix-sept ans, aujourd'hui. Nous étions deux adultes qu'un puissant désir poussait l'un vers l'autre. Ce baiser-là était… électrique.

Les femmes se battaient pour mes faveurs. Elles se succédaient dans mon lit, à tel point que j'avais perdu le compte. Le sexe était un des plus grands plaisirs de la vie, et je ne m'en privais pas. Mais Olivia avait toujours été à part. L'embrasser, elle, était complètement différent. Ses lèvres avaient un goût de champagne, de sel et de passion. J'en avais assez de me refréner. Je la voulais, ici et maintenant.

Elle se figea contre moi, son corps rigide de tension. Exactement l'inverse de ce que j'espérais. À contrecœur, je la lâchai. Je lui avais donné un avant-goût. Si elle voulait plus, elle savait quoi faire.

Olivia me foudroya du regard. Mais le désir luisait derrière l'orage, comme si elle hésitait entre m'étrangler ou m'embrasser. Je la fixai sans rien dire. À elle de décider. Soudain, elle plongea en avant. Ses bras s'enroulèrent autour de mon cou, juste avant que ses lèvres couvrent les miennes.

Un sentiment de triomphe m'envahit. Elle avait fait son choix, et elle m'avait choisi moi. Enfin, je la serrais contre moi, après des années à l'observer de loin sans pouvoir l'approcher. À rêver d'elle chaque nuit, seulement pour la perdre chaque matin. Le rêve avait fini par se réaliser. Elle était là, en chair et en os, là où était sa place : entre mes bras.

Les doigts enfoncés dans ses cheveux, je tirai sa tête en arrière pour approfondir notre baiser. *Dios*, elle était délicieuse ! Sa langue chercha la mienne, timidement d'abord, puis avec plus d'audace. Son inexpérience attisa mon désir. J'avais soupçonné qu'il ne se soit rien passé entre elle et Constantin. J'en avais maintenant confirmation. Elle était à moi et moi seul. Je regrettais d'avoir eu autant d'amantes dans ma vie. J'aurais aimé être uniquement à elle, moi aussi. Mais que pouvais-je y changer ? Peut-être avais-je eu d'autres femmes, mais mon cœur restait pur. Il n'avait jamais battu que pour elle.

Je l'embrassais sauvagement, exigeant toujours plus. Et, parce que c'était Olivia, elle me le rendait bien, ses courbes sensuelles pressées contre mon corps. Les vagues jouaient avec sa robe qui entravait nos mouvements. Ses habits étaient de trop. Je ne voulais aucune barrière entre nous. Rien d'autre que sa nudité et le doux fourreau de sa chair enserrant la mienne.

Je délaissai sa bouche pour tracer un sillon de feu le long de sa gorge, savourant sa peau salée par la mer. Elle renversa la tête en arrière, haletante, et gémit quand ma langue s'attarda là où battait son pouls. Voilà ce que je voulais entendre. Encore et plus fort. Je voulais qu'elle me supplie, esclave de ce feu entre nous. Aussi impuissante à le combattre que moi.

Je déchirai sa robe de soie, révélant le bikini lavande en dessous. Sa peau diaphane luisait d'un éclat de nacre à la pâle clarté des étoiles. Ce n'était pas encore assez. Les bretelles du soutien-gorge tombèrent à leur tour, et un sein rond jaillit à l'air libre. Je le moulai de ma main, satisfait par le petit cri qu'elle poussa. Elle était absolument parfaite. Un téton rose se dressait en une invitation à le butiner. Je ne me fis pas prier et l'aspirai dans ma bouche.

— Val…

Les ongles d'Olivia s'enfoncèrent dans mes épaules.

— Ah, Val !

Ma langue ne lui laissait aucun répit. Les sons émanant d'elle étaient musique à mes oreilles. Je lui agrippai les hanches afin de la plaquer contre moi. Le sang pulsait dans mon aine avec insistance. Jamais je n'avais autant désiré quelqu'un. Mais pas question de la prendre là, dans l'eau. Je voulais la coucher quelque part et l'admirer, nue et offerte. La savourer tout à loisir dans un lieu suffisamment confortable. Et quel meilleur endroit qu'une plage de sable fin sous la voûte céleste ?

Je la soulevai dans mes bras et, d'instinct, ses jambes se nouèrent autour de ma taille. Elle reprit ma bouche avec ferveur, ses seins écrasés contre mon torse. Je savais ce qu'elle faisait : elle m'embrassait pour ne pas avoir à réfléchir. La moindre pause l'obligerait à se rappeler qui j'étais, où elle se trouvait et comment nous en étions arrivés là. Alors elle se replierait aussitôt derrière cette façade adamantine qu'elle dressait entre elle et sa nature passionnée. Par chance pour nous deux, je n'avais aucune intention de la laisser faire.

J'émergeai de l'eau sur la petite plage non loin de la jetée. Avec précaution, j'étendis Olivia sur le sable, tout en lui écartant les cuisses de manière à m'agenouiller entre ses jambes. Ce qui restait de sa robe ne fit pas long feu. Elle tremblait, mais ne chercha pas à m'arrêter. Les étoiles se reflétaient dans ses grands yeux clairs levés vers moi. Je l'embrassai possessivement avant que le doute la reprenne. La plage, le sable blanc, le ciel nocturne…

Tout était parfait pour notre première fois.

Lentement, je fis glisser le bas de bikini le long de ses jambes, jusqu'à ce qu'elle soit telle que je l'avais toujours rêvée…

Allongée nue sous moi.

9.

Olivia

Mon cœur cognait à tout rompre. Je n'arrivais plus à respirer, ni à penser. Quand Valentin m'enleva ma robe, puis le bikini en dessous, ce fut une libération. Le sable était chaud contre ma peau. Mais ce n'était rien à côté de la chaleur émanant de l'homme à genoux entre mes cuisses. Sous mes yeux aimantés, il se débarrassa de son T-shirt trempé. L'eau coulait de ses épaules et sur son torse musclé. Comme ce matin. Sauf que, cette fois, je pouvais le toucher et éprouver de mes mains s'il était aussi ferme qu'il en avait l'air.

Une sonnette d'alarme se déclencha dans un coin de mon esprit. Je m'oubliais. Je devais tout arrêter ou il n'y aurait plus de retour en arrière possible. Je l'ignorai. À la seconde où il m'avait entraînée avec lui, les dés avaient été jetés. L'océan autour de nous, ses mains rassurantes sur moi… J'étais de retour à notre crique secrète d'autrefois. Je le poussais en riant, puis criais quand il m'éclaboussait avant de me tirer dans l'eau à mon tour. Lorsque je refaisais surface, il était là, tout près, ses cheveux mouillés collés à son visage, le regard espiègle et pétillant de vie.

— Grimpe sur mes épaules. Je vais te propulser, disait-il en me tendant sa main.

Je n'hésitais pas une seconde. À dix-sept ans, il était déjà d'une robustesse indéniable. Il me saisissait par les chevilles, s'accroupissait dans l'eau et se redressait comme un ressort en me projetant le plus haut possible. Je m'envolais alors vers les nuages, avant de piquer dans l'eau.

Maintenant aussi, je volais. Mon armure de diamant gisait en miettes avec ma robe. Je n'en avais plus besoin. Rien d'autre n'existait que Valentin et mon désir pour lui, plus fort que tout. Je tendis la main, avide de contact. Sous ma paume, son torse était dur comme le roc. Je n'avais jamais touché un homme de cette façon. L'excitation fusa dans mes veines. Je n'en revenais pas. Aucun homme ne m'avait jamais fait cet effet-là. À vrai dire, je n'avais jamais éprouvé de désir pour qui que ce soit. Pas même Constantin.

Lui et Valentin se ressemblaient comme deux gouttes d'eau. Mais les gens avaient tort de les croire identiques. Constantin ne m'avait jamais propulsée vers le ciel. Il ne m'avait jamais défiée sur le meilleur moyen d'allumer un feu. Il ne m'avait jamais enlacée sur le sable, ni embrassée en me murmurant qu'il m'aimait.

— Ah, mon étoile…

Valentin écarta ma main de son torse et déposa un baiser sur chacun de mes doigts, comme il le faisait autrefois.

— Pas encore. Sois patiente.

— Laisse-moi te toucher…

— Non.

Avant que je puisse protester, il me plaqua contre le sable et captura mes poignets d'une seule main pour les clouer au-dessus de ma tête. Son regard de braise errait sur moi tandis que sa main libre déboutonnait son jean. Mon alarme intérieure retentit de plus belle. Là encore, je fis la sourde oreille. Je savais ce qu'il avait en tête et j'en avais autant envie que lui. Là, sur la plage, sous la Voie lactée… C'était comme un rêve.

— *Estrella*, susurra-t-il de ce timbre rauque et musical si sexy.

Je frémis comme sa main se posait sur mon ventre. Les yeux dans les miens, il commença à me caresser. Tous mes sens s'embrasèrent instantanément. Ses doigts habiles marquaient ma peau humide au fer rouge. Le désir au creux de mes reins frôlait l'insoutenable. Mon corps tout entier se languissait de ses mains sur moi, sa bouche, sa langue. D'instinct, je me cambrai pour m'offrir à ses caresses.

— S'il te plaît, gémis-je.

— Tu as envie de moi, Livvy ?

Sa main se faufila entre mes cuisses, effleurant le triangle de boucles à cet endroit. Un frisson d'anticipation me traversa.

— Réponds-moi. Je veux t'entendre le dire.

Cela ne me vint même pas à l'esprit de résister.

— Oui, j'ai envie de toi.

— Mon nom, *estrella*. Dis mon nom.

— Valentin…

Son nom franchit mes lèvres telle une prière.

— Val, s'il te plaît…

Ses doigts se mirent à me caresser le long de ma fente, écartant mes lèvres intimes pour une exploration plus poussée. Des étincelles affolèrent mes terminaisons nerveuses. Je poussai un soupir et fermai les paupières, chavirée de plaisir.

— Non, ouvre les yeux, Livvy. Regarde-moi.

J'obéis. Son beau visage était penché au-dessus du mien. Il était magnifique. Il l'avait toujours été. J'avais eu beau essayer de me convaincre du contraire toutes ces années, il m'avait manqué. Le perdre avait été comme perdre une partie de moi. Mais il était là, maintenant. Avec moi. Ses yeux noirs ne quittaient pas les miens. Non, pas noirs – pas complètement. Je ne l'avais jamais remarqué avant, mais des étoiles scintillaient au fond de ses prunelles, dans un éclat hypnotique. Impossible de regarder ailleurs. Un gémissement m'échappa comme ses doigts s'insinuaient en moi. Une vague de plaisir me submergea. Puis sa bouche prit le relais, et je m'enflammai telle une torche.

Mon Dieu, ce qu'il était doué avec sa langue ! Je me tortillais de plaisir entre ses mains fermement plantées sur mes hanches. Mes doigts plongèrent dans ses cheveux, tirant et agrippant tandis que je criais son nom. Imperturbable, il continuait à opérer sa magie, dévoué à mon plaisir. La réalité s'effaça. Seules existaient sa bouche sur moi et cette exquise torture à laquelle il me soumettait. Je m'envolais, propulsée vers des sommets vertigineux. L'extase m'éparpilla en une pluie d'étoiles filantes à travers l'espace.

Je tremblais, pantelante sur le sable. En deux temps trois mouvements, Val ôta son jean et son boxer mouillés. Nu, il était à se damner. Un dieu surgi des eaux, peau et cheveux ruisselants. Son corps paraissait avoir été taillé dans le roc, tout en muscles saillants, et si chaud que, lorsqu'il s'allongea sur moi, j'eus l'impression de brûler.

Je tendis la main pour le toucher, encore hébétée après mon fabuleux orgasme. Mais de nouveau, il me bloqua les poignets en pesant de tout son poids sur moi. La lueur possessive dans ses yeux me chamboula. Comme si j'étais un trésor inestimable pour lequel il aurait livré une lutte acharnée. Enfin, j'étais à lui.

C'était terriblement excitant d'être regardée ainsi. Toute ma vie, j'avais été la fille indésirable, jamais assez bien. L'héritière par défaut d'une entreprise que je ne méritais pas car mes parents auraient préféré un fils. J'étais une déception… mais pas pour Val. Dès notre première rencontre, il m'avait acceptée. Son visage s'était illuminé en me voyant.

« Reste. S'il te plaît, ne pars pas. »

Une soudaine émotion enfla dans ma poitrine.

— Val, balbutiai-je, sans vraiment savoir ce que je voulais lui dire.

Ce que je ressentais me dépassait. C'était nouveau et indéfinissable, d'une intensité qui m'effrayait.

Val ne dit rien. Les yeux dans les miens, il se positionna entre mes cuisses. Ma bouche devint sèche. Il y avait un tel désir dans son regard… Farouche et primitif. Je le sentis appuyer contre ma féminité, puis s'enfoncer en moi.

J'étais si prête pour lui qu'il n'y eut ni résistance ni douleur. Mon corps s'étira pour l'accueillir, et mes muscles se contractèrent autour de lui comme pour ne plus jamais le laisser partir. La sensation était incroyable. Malgré tout, je ne pus retenir un petit cri. Je n'avais pas mal, mais il était si massif ! Tous les hommes faisaient-ils cette taille ? La pression de sa chair contre la mienne me coupait le souffle.

Je plantai les ongles dans ses épaules comme il me soulevait les hanches de sa main libre afin d'ajuster l'angle de pénétration et aller plus loin encore.

— Olivia, grogna-t-il, la voix rauque et triomphale. Tu es à moi. Toute à moi.

Sa bouche s'écrasa sur la mienne tandis qu'il me conquérait et me possédait, si totalement que je ne pouvais que capituler. Peut-être n'avais-je jamais vraiment eu l'intention de résister. J'étais bel et bien à lui, corps et âme. Mes pensées se désagrégèrent quand il commença à bouger, d'abord langoureusement, puis à une cadence allant crescendo. Seigneur, c'était si bon ! Ses puissants coups de boutoir déchaînaient en moi un flot de sensations inouïes. J'essayais de bouger avec lui en arquant les reins, luttant pour libérer mes poignets immobilisés. Mais il ne me lâcha pas, et je pris tout le plaisir qu'il me donnait jusqu'à ce qu'il me consume tout entière. Je me perdais dans ses baisers sauvages. Dans l'exquise friction de son corps au creux du mien. Notre étreinte se mua en quelque chose de plus profond. C'était un tout fait de ses caresses et de son odeur salée, de sa voix enrouée murmurant mon nom et de son cœur battant au diapason du mien… L'orgasme m'emporta dans une déflagration fulgurante, et je m'envolai de nouveau, comme seul Val savait me faire voler.

10.

Valentin

Olivia cria mon nom, et son corps convulsa autour du mien dans les affres du plaisir. À mon tour, je lâchai prise, accélérant le rythme, consumé par la force de sa passion. J'avais beau vouloir prolonger le moment autant que possible, j'avais atteint mes limites. J'attendais cela depuis trop longtemps. L'odeur de sa peau et son corps bougeant avec le mien me faisaient perdre la tête. Ses suppliques dans le creux de mon oreille eurent raison de mon self-control.

La jouissance vint trop vite, un feu d'artifice qui explosa à travers mon être. Une infinité d'étoiles dansaient dans ma tête. Mais celles dans les yeux d'Olivia les éclipsaient toutes. Je ne voyais rien d'autre.

Pendant un long moment, nous restâmes ainsi. J'absorbais le moindre détail. Les perles de sueur à ses tempes. Ses lèvres enflées par mes baisers. La mèche humide collée sur son front. Le feu de ses joues. Son pouls erratique dans la vallée de sa gorge. Elle était enfin à moi. Plus jamais je ne la laisserais partir.

Une intense satisfaction m'envahit. Il était temps d'abandonner la plage pour un endroit plus confortable. La jeune femme exhala un soupir lorsque je me retirai d'elle. Mon désir se réveilla au quart de tour. Mais je me contentai de la prendre dans mes bras et de l'emmener dans l'eau. Elle se blottit contre mon torse, en me regardant comme si elle me voyait pour la première fois. En silence, nous laissâmes l'océan rincer le sable nous collant à la peau.

— Nous n'aurions pas dû, murmura-t-elle, la voix légèrement enrouée.

Ces mots m'auraient contrarié si elle les avait pensés. Mais je savais que ce n'était pas le cas. Nous avions écouté notre désir. Tout avait été parfait, mieux encore que dans mes fantasmes. Elle me dévisageait, avec l'air d'attendre une sorte de confirmation de ma part. Je savais pourquoi : elle avait peur. Peur de cette intensité entre nous. Elle avait bel et bien changé. L'Olivia d'autrefois n'hésitait jamais à suivre ses passions. Plus maintenant. Et ce depuis plusieurs années, d'après mes observations. Pourquoi ? Que lui était-il arrivé pour la rendre ainsi ? Était-ce son père ? Le fait de diriger la société familiale ?

Oliver Wintergreen ne voulait pas d'une fille. C'était ce qu'elle m'avait confié un jour. Parce qu'elle n'avait pu lui donner le fils dont il rêvait, sa mère s'arrangeait pour rendre Olivia plus acceptable. Mais son père se fâchait à la moindre de ses « crises d'hystérie » comme il disait. Je n'avais jamais compris comment ils pouvaient la sous-estimer à ce point. Olivia était sensible et intuitive, dotée d'un profond sens de la justice. Son humour, son empathie, sa détermination, faisaient d'elle quelqu'un d'extraordinaire. Si ses parents ne le voyaient pas, ils devaient être aussi fous que Domingo.

— Pourquoi n'aurions-nous pas dû ?

L'eau, plus fraîche à cette heure, lapait sa peau nue, faisant durcir la pointe de ses seins. Cette vision m'hypnotisait.

— Pour plein de raisons…

Elle ne cherchait pas à se couvrir. Au contraire, elle s'abandonnait contre moi, totalement détendue.

— Nous n'avons même pas mis de préservatif.

Mon sang se glaça. Je n'avais jamais oublié avant. Pas une seule fois. Avoir des enfants était inenvisageable. Pourquoi voudrais-je transmettre les gènes viciés des Silvera ?

— J'appellerai mon médecin, dis-je d'un ton rassurant. Nous réglerons cela.

Je la sentis se raidir dans mes bras.

— Que veux-tu dire par « régler cela » ?

— Je parlais de la pilule du lendemain. Les enfants n'ont pas leur place dans l'équation, Olivia.

Elle me fixa en silence, son expression rembrunie. Je pouvais presque voir le masque retomber en place tel un rideau de fer.

— Et si… ?

Cette conversation m'ennuyait. Je l'interrompis en capturant un de ses seins. Son petit gémissement m'encouragea à taquiner son téton, qui ne tarda pas à se hérisser sous mon pouce.

— Et si quoi, mon étoile ?

— Val, arrête…

— Pourquoi ? Tu aimes cela, non ?

Pas besoin d'être un génie pour le voir. Sa tête dodelinait contre mon épaule et le désir voilait ses prunelles.

— Il… il faut qu'on parle.

— Tu n'as pas envie de parler, Livvy. Tu veux que je continue.

Je lui pinçai le mamelon, et elle se cambra dans mes bras.

— Non. S'il te plaît…

Malgré ses protestations, elle pressait d'instinct sa poitrine contre ma main.

— Nous parlerons plus tard. Nous avons tout le temps, assurai-je en l'embrassant.

Pour toute réponse, elle me rendit mon baiser avec fougue. Le sujet était clos.

Quelques minutes plus tard, nous étions de retour à la villa. Je nous fis couler un bain chaud pour achever de nous rincer. Le bain prit rapidement un tour plus érotique. Je la caressai et la stimulai jusqu'à ce qu'elle ondule contre moi en me suppliant d'aller plus loin. Alors seulement, je la sortis de la baignoire, la séchai et la portai jusqu'à mon lit. Je lui refis l'amour, cette fois en prenant mon temps, explorant longuement chaque centimètre carré de son corps. À ce moment, moi seul existais pour elle. Moi et le plaisir que je lui prodiguais.

Quand nous redescendîmes sur terre, elle avait une faim de loup ! Quoi d'étonnant ? Elle n'avait rien mangé de la journée.

Nous retournâmes à la jetée où notre dîner nous attendait toujours. Mais quand je voulus l'asseoir sur moi pour lui faire picorer ses mets préférés, elle refusa tout net. Je n'insistai pas. Là encore, le choix lui revenait. Et bien m'en prit car, peu après, elle changea d'avis et s'installa telle une princesse sur mes genoux. La dorloter ainsi me procurait une intense satisfaction, comme quinze ans plus tôt quand je lui avais fait griller le parfait Chamallow et l'avait approché de ses lèvres avec cérémonie. La regarder le savourer avait été un plaisir indescriptible.

Je n'avais jamais rien eu qui soit vraiment à moi. Pas même un animal de compagnie. Constantin et moi avions interdiction de former le moindre attachement. Chacun de nous n'avait que l'autre. C'était encore trop pour Domingo. Notre proximité lui était insupportable, alors il avait creusé un fossé entre nous. Et je l'avais laissé faire, pour que Constantin ne suive pas mon exemple. J'étais son grand frère, même si c'était seulement de quelques minutes. C'était mon rôle de le protéger. Il serait à l'abri s'il devenait le préféré de Domingo, et moi sa tête de Turc. Du moins le croyais-je…

Mais j'avais misérablement échoué.

Je chassai ces souvenirs pénibles. Pourquoi gâcher ce moment intime avec Olivia en ressassant le passé ?

— Tu m'as vraiment surveillée toutes ces années ? demanda-t-elle en se laissant aller contre mon épaule.

Sa longue chevelure soyeuse, sèche à présent, caressait ma peau nue. Sa robe aussi, l'une de celles que j'avais achetées spécifiquement pour elle. Une longue tunique vaporeuse couleur lavande, si fine que son corps de déesse se dessinait en dessous par transparence. Je ne me gênais pas pour l'admirer, ce qui ne paraissait pas la déranger cette fois. Repue, elle avait rendu les armes, alanguie entre mes bras. Jamais elle n'avait été aussi sublime.

— Pas au début, non, répondis-je en enroulant une mèche blonde autour de mon index. Après l'accident, il m'a fallu du temps pour me construire une nouvelle vie.

Ses yeux gris cherchèrent les miens.

— Que s'est-il passé, Val ?

Que lui dire ? La vérité ? Oui, mais laquelle ? Cela m'était égal, ce qu'on pensait de moi. Surtout à l'époque, alors que je devais me battre pour survivre. Au fond, n'avait-ce pas toujours été le cas ? J'avais appris très jeune à ne reculer devant rien, quoi qu'il en coûte. Je n'avais pas le choix. Mon enfance était une bataille permanente dont je m'étais juré de tirer Constantin vivant.

— Ce qui s'est passé ? Eh bien, comme je te l'ai dit, il n'y avait qu'un moyen d'échapper à Domingo. Je me suis fait passer pour mort et j'ai réussi à gagner l'Italie, où j'ai commencé à prendre part à de petits trafics douteux. Après quoi…

Comment lui expliquer que j'avais trouvé un mentor en la personne d'un criminel ? Que j'étais devenu l'un d'eux car je n'avais nulle part où aller et aucun autre moyen de gagner ma vie ? Me jugerait-elle ? Condamnerait-elle ma société, issue de l'organisation dont j'avais pris la tête avant de la ramener dans la légalité ? *Dios*, pourquoi son opinion m'importait-elle autant ?

— Après quoi… ? m'encouragea-t-elle.

Je la regardai droit dans les yeux.

— Si tu imagines une histoire édifiante à la David Copperfield, tu fais fausse route.

— Ce n'est pas ce à quoi je pense.

Ma gorge se noua. Bon sang, c'était ridicule ! Pourquoi ne parvenais-je pas à cracher le morceau ?

Elle se redressa abruptement, son visage à quelques centimètres du mien. Des grains de sable parsemaient encore la naissance de ses cheveux. J'aimais la voir ainsi, échevelée et un peu négligée. Moins parfaite.

— Je crois que tu as fait ce que tu as pu pour survivre, décréta-t-elle. Tu es un homme dur, Val. Je le vois bien. Ce que tu as traversé n'a pas dû être facile.

Elle marqua une pause.

— Tu n'es pas obligé de m'en parler si tu ne le souhaites pas.

Depuis quand lisait-elle en moi si facilement ? Personne d'autre n'en était capable. Mais bien sûr, personne ne me connaissait aussi bien qu'elle. Non… Elle connaissait le garçon d'autrefois. Pas l'homme que j'étais devenu.

Je soutins son regard.

— Je me suis acoquiné avec le chef d'un des plus grands empires du crime du sud de l'Italie. Le lien avec la Mafia se fait de lui-même… J'étais son bras droit. Quand il a été tué dans l'explosion de sa voiture, j'ai repris les rênes.

Une ombre traversa ses yeux gris.

— Ne t'inquiète pas, ajoutai-je d'une voix tendue. Tout ce que je fais maintenant est légal. Tu n'as pas été enlevée par un sombre magnat du crime.

Elle fronça les sourcils.

— Peu m'importe ce que tu as fait. Je regrette seulement que tu aies été poussé à une telle extrémité.

Je déroulai la mèche autour de mon doigt pour plonger la main dans ses cheveux. Une sensation désagréable m'écrasait la poitrine, comme un poids surgi de nulle part. J'avais besoin de me perdre dans sa douceur féminine.

— Sans pouvoir ni argent, je ne pouvais pas te protéger. C'était le moyen le plus rapide d'obtenir les deux, expliquai-je.

Peut-être autant pour moi que pour elle. Mon poing se serra.

— Je n'ai aucun regret.

11.

Olivia

Val était rongé par le remords. Je le lisais dans ses yeux. Quoi qu'il ait dû faire pour survivre, il l'avait accompli à son corps défendant. Mon cœur se serra. Toute ma colère initiale s'était envolée, balayée par le désir qui nous avait consumés sur la plage. J'éprouvais à présent une profonde compassion, doublée d'une certaine curiosité pour ce qu'avait été sa vie après sa « mort ». Une vie dure, à l'évidence, qui avait effacé toute trace du gentil garçon d'autrefois.

Mais n'en restait-il vraiment rien ? J'avais l'impression de le retrouver un peu dans ce dîner spécialement composé pour moi. Dans la douceur avec laquelle il m'avait frottée dans le bain ou m'enlaçait maintenant. Il avait toujours été protecteur. Alors tout cela n'était-il que calcul ou véritable attention de sa part ? Difficile à dire. Peut-être ferais-je mieux d'oublier l'adolescent du passé et me concentrer sur l'homme du présent ?

Un homme charmeur et redoutable. Manipulateur, certes, mais aussi passionné. Il semblait heureux en évoquant nos souvenirs communs. Mais ce qu'il avait vécu ensuite… c'était une autre histoire. Je m'abstins de pousser l'interrogatoire. Contre toute attente, j'aimais cette trêve, blottie dans ses bras. J'étais pourtant réticente au début. M'asseoir sur ses genoux me semblait infantilisant. Je ne voulais pas être son jouet. Mais il avait respecté mon refus, et c'était ce qui m'avait fait changer d'avis. Nous avions fait l'amour sur la plage. Ce serait idiot de fuir le contact physique maintenant. D'autant plus que j'en avais envie. Pourquoi m'en priver ?

C'était un choix, pas une soumission. Ce qu'il y avait entre nous était purement physique. Cela ne changeait rien à la situation. J'étais toujours fiancée à Constantin et comptais bien le rester. Val se trompait à son sujet. Quant aux dettes de Wintergreen, elles ne se régleraient pas toutes seules. Je voulais aussi une famille. Or la position de Val sur ce point était très claire : il ne voulait pas d'enfants.

Mais le sexe avec lui était époustouflant. Un mariage avec Constantin ne me donnerait jamais cela. Alors pourquoi ne pas en profiter tant que j'en avais l'occasion ? J'avais travaillé si dur pour satisfaire les attentes de mon père. J'avais bien le droit de me faire un peu plaisir. Constantin n'apprécierait peut-être pas. Mais pas parce que j'étais spéciale. Il n'avait aucun sentiment pour moi. Il ne m'épousait que par convenance. Il n'avait même pas prévenu la presse de mon enlèvement !

Val, c'était différent. Il me voulait, *moi*. Pourquoi résister ?

Une nuit, décidai-je. L'espace de quelques heures, je serais à lui et il serait à moi, et nous goûterions à cette passion d'adulte qui nous avait été volée. Plus rien n'arrêterait nos baisers, cette fois. Plus personne ne pouvait s'interposer entre nous. Je serais enfin avec le garçon que j'avais aimé et perdu. *Juste une nuit.*

— Que t'est-il arrivé ce soir-là, après que tu as quitté la plage ? questionnai-je.

C'était plus fort que moi. Quinze ans s'étaient écoulés, mais la blessure n'avait jamais vraiment cicatrisé.

— J'ai appris que toi et Constantin étiez rentrés à Madrid. Je pensais que tu me contacterais. Je n'ai plus jamais eu de nouvelles.

Valentin se crispa perceptiblement. Un autre sujet tabou ?

— C'est une longue histoire, marmonna-t-il. Es-tu sûre de vouloir l'entendre ?

Un frisson me parcourut. Cela allait encore être quelque chose de terrible, je le sentais. Quelque chose à voir avec Domingo. Je plongeai les yeux dans ceux de Valentin et ce que j'y vis me fit froid dans le dos. Je n'avais pas pris la pleine mesure de ce qu'il m'avait confié sur son père. Il l'avait traité de monstre et de psychopathe…

Quel genre d'enfance avait-il vraiment eue ?

Je n'y avais jamais réfléchi à l'époque. Pas en profondeur. Nous nous plaignions de nos parents respectifs, bien sûr. Comme tous les ados. Qui à cet âge ne trouvait pas ses parents injustes et cruels ? Mais Domingo…

— Je veux savoir.

— Tu ne pourras pas dire que je ne t'avais pas prévenue.

Ses doigts se mirent à jouer distraitement avec mes cheveux.

— Domingo m'interdisait de te fréquenter. Mais je m'en fichais. J'ai toujours ignoré ses ordres. Il n'aurait jamais su que je continuais à te voir si Constantin ne m'avait pas dénoncé.

La stupeur me paralysa.

— Constantin ?

— Oui, en bon petit soldat obéissant.

— Mais c'est ton frère !

Je n'arrivais pas à y croire. Et pourtant, au fond, je savais qu'il en était capable. Il était toujours tellement à cheval sur les règles.

— J'essayais de le protéger en attirant l'attention de Domingo sur moi, continua-t-il. Ce que j'ignorais, c'est que cette ordure le manipulait dans mon dos pour le monter contre moi. Quand mon frère m'a trahi…

Une ombre traversa ses yeux.

— J'ai su que j'avais échoué. Domingo avait eu le dessus.

— Comment cela, échoué ? Que veux-tu dire ?

Il inspira profondément.

— Ce que tu dois comprendre, c'est qu'un psychopathe n'a pas besoin de raison pour agir comme il le fait. Il manipule les gens par sadisme, parce que cela l'amuse. Je n'en veux pas à Constantin d'avoir choisi Domingo plutôt que moi. Domingo nous interdisait d'avoir des amis, ou même un animal. Il ne voulait pas que nous créions de liens en dehors de lui et détestait nous savoir si proches. Quand je t'ai rencontrée, j'ai délaissé Constantin. J'étais obnubilé par toi.

Son regard se planta dans le mien.

— Tu étais comme une oasis dans le désert, Olivia. Mon étoile polaire dans les ténèbres.

Le choc me laissa sans voix. Ni amis ni animaux ? Aucun lien avec quiconque ? Je comprenais mieux la froideur de Constantin.

— J'aurais dû passer plus de temps avec lui, reprit Val. C'est en cela que j'ai échoué. Si je ne l'avais pas négligé, peut-être ne serait-il pas devenu un second Domingo. Toujours est-il qu'il a découvert que je continuais à te voir et a joué les rapporteurs. Le lendemain, nous étions réexpédiés en Espagne. Domingo m'a pris mon téléphone et mon ordinateur, et m'a enfermé dans le sous-sol de notre villa à Madrid. Je n'avais pas le droit de voir quiconque ou de parler à qui que ce soit.

J'étais horrifiée. Alors c'était pour cela qu'il ne m'avait jamais recontactée. Pas parce qu'il s'en fichait, mais parce que Domingo le retenait prisonnier et coupé du monde ! Une profonde compassion m'envahit. La vie de deux jeunes garçons avait été gâchée par la personne même censée les protéger. Leur propre père les avait manipulés et maltraités, en prenant un plaisir pervers à détruire leur relation fraternelle !

— C'est ignoble, murmurai-je.

Une triste platitude au vu de ce qu'il avait vécu. Mais les mots me manquaient. Val eut un sourire amer.

— Oui. Domingo était malin. Il savait que me frapper ne fonctionnait pas. Alors il a trouvé un moyen plus subtil de me faire souffrir. Il m'a dit qu'il me garderait là aussi longtemps qu'il le faudrait pour m'apprendre à obéir.

Un mauvais pressentiment me saisit.

— Combien de temps es-tu resté enfermé ?

Val répondit sans ciller :

— Six mois.

Mon sang se glaça. Six mois ! Il était resté prisonnier six longs mois ! J'avais pleuré toutes les larmes de mon corps quand je n'avais plus eu de nouvelles. Puis la colère avait remplacé la tristesse. Je l'avais détesté de m'avoir menti. De m'avoir dit qu'il m'aimait sans le penser. Non, il ne m'aimait pas. Il m'avait déjà oubliée. Toute notre relation n'était qu'un mensonge et j'étais bêtement tombée amoureuse d'un garçon qui s'était fichu de moi sur toute la ligne… Comme je m'en voulais maintenant d'avoir pensé cela ! Pendant que je pleurnichais comme une gamine, il était retenu captif au fond d'un sous-sol !

— Val…

— Je n'ai pas besoin de ta pitié, mon étoile, me coupa-t-il. Domingo voulait me donner une leçon et c'est ce qu'il a fait. J'aurais pu promettre de lui obéir pour qu'il me laisse sortir. Mais j'essayais toujours de protéger Constantin.

Mon cœur se serra.

— Tu es resté enfermé pendant six mois pour couvrir ton frère ? Après sa trahison ?

Val serra les dents.

— Ce n'était pas sa faute. J'aurais dû être là pour lui. Je l'ai laissé tomber.

— Oh ! Val…

— J'y serais sans doute encore si quelqu'un ne m'avait pas glissé la clé sous la porte. Il n'y avait pas de fenêtre, tu sais. Une fois par semaine, Domingo m'emmenait dehors pour me montrer à côté de quoi je passais. Cela le faisait enrager que je ne cède pas. Une fois, il m'a laissé trois semaines sans sortir. J'ai cru que j'allais devenir fou.

J'étais révulsée. Et oui, une part de moi ne pouvait s'empêcher d'éprouver de la pitié. Plus il parlait, plus il devenait évident que le garçon que j'avais connu avait commencé à disparaître bien avant l'accident. Il était si expansif avec moi, si plein de vie… Quel calvaire cela avait dû être de rester prisonnier six mois dans une pièce sans fenêtre ! Ne pas voir le soleil, ni les étoiles. Ne pas sentir l'air sur sa peau. Être coupé du monde extérieur…

Et moi qui l'avais haï parce qu'il ne m'envoyait pas de messages !

— Non, Livvy, dit-il comme s'il lisait dans mes pensées. Tu n'as aucune raison de culpabiliser.

Maintenant qu'il s'était ouvert à moi, à mon tour d'en faire autant.

— J'étais furieuse contre toi après ton départ, avouai-je.

Tu ne m'avais même pas dit au revoir. Et après, silence radio. Ni coups de fil, ni mails… J'ai cru que tu m'avais déjà oubliée.

Il ouvrit la bouche pour répondre, mais je posai un doigt sur ses lèvres.

— Quand tu es mort, je t'en ai voulu encore plus. Je t'en ai voulu pendant très longtemps.

De nouveau, il fit mine d'intervenir. J'appuyai plus fort sur ses lèvres, étonnamment douces sous mon index. Peut-être la seule touche de douceur chez lui.

— Je suis désolée de ne pas avoir cherché à savoir. Domingo me mettait mal à l'aise. J'aurais dû te questionner sur lui. Sur ce qu'il te faisait vivre.

J'étais sincère. Plus qu'il ne pouvait l'imaginer.

— J'aurais dû comprendre que…

Il écarta ma main de sa bouche et la serra dans la sienne.

— Non, tu n'as pas à être désolée. Tu avais tes propres problèmes. Comment aurais-tu pu deviner quel genre d'homme était Domingo ?

— Mais…

— Je ne voulais pas que tu t'inquiètes, continua-t-il. C'est pour cela que je ne t'ai rien dit. Même si tu avais su, tu n'aurais rien pu faire.

Il embrassa chacun de mes doigts l'un après l'autre. Comme autrefois.

— Domingo était trop puissant. Toi et moi n'étions que des enfants.

Il poussa un soupir.

— J'aurais aimé pouvoir faire plus. Il est trop tard, maintenant.

Le regret dans sa voix me vrilla le cœur. Il avait tant enduré ! Pas seulement lui, mais Constantin aussi. À côté de Domingo, mon père était une crème !

— Mais assez parlé de moi, décréta Val. Et toi ? Qu'est-il arrivé à ma Livvy pour la transformer en une aussi redoutable femme d'affaires ?

Redoutable… Oui, je l'étais. C'était ce à quoi j'avais aspiré.

J'y avais consacré toute mon énergie. J'étais devenue une femme dure et impavide. Un diamant que rien n'éraflait, ni ne brisait.

Vraiment ? Alors que fais-tu assise quasi nue sur ses genoux à te faire dorloter comme une princesse ? Tu connais la prochaine étape…

Non. Il y avait un monde entre choisir de profiter d'un moment de détente et s'enfermer dans un mariage sans amour qui me briserait le cœur à petit feu.

— Eh bien, après ta mort, j'ai eu besoin de m'occuper l'esprit, répondis-je. Je sais que je n'arrêtais pas de répéter que je ne voulais pas reprendre Wintergreen. Mais j'ai changé d'avis. J'ai travaillé très dur au lycée, puis je suis allée à l'université. Quand j'ai demandé à mon père de m'engager, il n'a pas refusé.

Val me dévisagea avec attention.

— C'est donc cela…

— Quoi ? Que veux-tu dire ?

Sa main lâcha la mienne pour me caresser la joue, avant de glisser le long de mon épaule.

— Cette dureté en toi, comme si rien ne pouvait t'atteindre.

Cela aurait dû me flatter qu'il l'ait remarqué. Qu'il me voie telle que j'étais devenue. Alors pourquoi avais-je le sentiment que ce n'était pas un compliment ?

— Tu dis cela comme si c'était une tare, grommelai-je. C'est une qualité chez les hommes, mais jamais chez les femmes.

— Tu te trompes. Je ne dis pas que c'est un défaut. Il faut avoir les épaules, dans ce milieu. Chez certaines personnes, c'est une seconde nature. Les autres ont tendance à surcompenser aux dépens de leur passion. C'est dommage. La passion a aussi sa place en affaires.

Je réprimai une pointe d'agacement.

— Je ne surcompense pas, si c'est ce que tu insinues.

Un sourire joua sur ses lèvres, empreint d'une certaine nostalgie.

— C'est exactement ce que j'insinue, mon étoile. Tu n'étais pas comme cela avant. Alors pourquoi ? Quel intérêt ? Être un diamant ne te sied pas. C'est trop d'effort pour toi, et je ne crois pas que tu en retires de réelle satisfaction.

Son sourire s'élargit.

— Tu es bien plus toi-même quand tu me gifles et me pousses à l'eau.

La moutarde commençait à me monter au nez. Comment s'y prenait-il pour toujours toucher une corde sensible ? Ce n'était vraiment pas le moment de perdre mon sang-froid ! Pas dans la position vulnérable où je me trouvais.

— Je n'aurais pas dû faire cela, répliquai-je posément. Tu n'as pas tort de me comparer à un diamant. Les diamants se forment sous pression. C'est ce qui les rend indestructibles. Une qualité indispensable pour diriger Wintergreen.

Je voulus me lever. Cette parenthèse avait assez duré. Je n'étais ni une gamine, ni une princesse. Je n'avais aucune envie d'être cajolée comme une petite chose fragile. Il était hors de question que je reste ici. Mais les mains de Valentin emprisonnèrent mes hanches, m'empêchant de bouger.

— Pourquoi ? Qui t'a dit cela ? gronda-t-il.

— Mon père. Il avait raison.

— Ton père n'est plus de ce monde.

Le sourire de Valentin s'était évanoui, remplacé par une expression féroce.

— Et il ne peut pas te voir. Il n'y a que toi et moi, ici. Diamant ou non, tu n'as pas besoin d'être sur tes gardes avec moi.

— Oh ! vraiment ? rétorquai-je à vif. Alors que tu me manipules en me servant mes plats et mon champagne préférés ? En remuant le passé et en me rappelant quelle personne j'étais autrefois ? Tu as dit toi-même que ton but était de me faire tomber amoureuse de toi. C'est ce que tu essaies de faire, n'est-ce pas ?

Son visage se durcit, sans que son étreinte se relâche pour autant.

— Oui.

Il était clair qu'il lui en coûtait de l'admettre. Mais sa franchise ne suffit pas à faire retomber ma colère.

— Dans ce cas, tu comprends pourquoi baisser ma garde avec toi n'est pas une option.

Un muscle tressauta sur sa joue. Il y eut un long silence avant qu'il reprenne la parole :

— Sais-tu pourquoi je t'appelle mon étoile ? Parce que c'est ce que tu es, Olivia. Pas un diamant, mais une étoile, faite pour brûler au firmament.

Comme tu brûles pour lui-même après toutes ces années...

Non ! J'avais étouffé ce feu il y a bien longtemps, jusqu'à la dernière braise. Rien ne le ferait repartir.

— Lâche-moi, ordonnai-je plus fermement.

— Est-ce vraiment ce que tu veux ?

Une flamme incandescente dansait dans ses yeux. Comment faisait-il cela ? Il n'avait qu'à me regarder pour raviver cette intense alchimie entre nous, plus puissante encore maintenant que nous avions fait l'amour. Le désir palpitait entre mes reins malgré mes efforts pour ne pas succomber.

Était-ce vraiment ce que je voulais ? Je me posais la même question. Une part de moi avait envie qu'il me retienne. Celle qui souhaitait en savoir plus sur l'homme qu'il était devenu, tellement complexe et fascinant. Celle qui, peut-être, rêvait d'être une étoile plutôt qu'un diamant... Mais non. C'était trop tentant, donc trop risqué. Je m'étais déjà oubliée une fois en m'offrant à lui sur la plage. Je l'avais laissé me baigner, me donner à manger et m'asseoir sur ses genoux selon son bon plaisir. J'avais eu ma nuit de passion. Cela s'arrêtait là.

— Oui, assénai-je. Laisse-moi partir.

Il cilla imperceptiblement. Pendant une seconde, je crus qu'il allait refuser. Puis ses mains lâchèrent mes hanches, et je me levai.

— Qu'est-ce qui a changé ? s'enquit-il d'une voix tendue. Qu'est-il arrivé à ma Livvy ?

— Je ne suis pas ta Livvy, Valentin. Et rien n'a changé. C'était agréable de se retrouver. Mais j'ai toujours une entreprise à diriger et un fiancé qui m'attend.

Je m'éloignais en direction de la villa quand sa voix me rattrapa, teintée d'avertissement :

— Je ne plaisantais pas, Livvy. Tu crois vraiment que ce n'est qu'une question de sexe ? Que je t'ai amenée ici pour t'offrir à dîner et te mettre dans mon lit avant de te renvoyer à Madrid ?

Je m'arrêtai net. Un frisson me remonta l'échine. Oui, c'était exactement ce que j'avais imaginé. Peut-être pas consciemment, mais…

Il n'est plus le garçon que tu as connu. C'est un homme dangereux.

Peut-être. Mais moi non plus, je n'étais plus l'adolescente d'autrefois. Moi aussi, je savais être dangereuse.

Je fis volte-face, consciente que ma fine tunique de soie soulignait ma nudité plus qu'elle ne la couvrait.

Valentin s'était levé, lui aussi. La nostalgie avait cédé la place à la détermination. Pas froide comme celle de Constantin. Non, la même qu'il avait affichée aux funérailles de Domingo… Un feu de forêt dévorant tout sur son passage. Tel était le Valentin d'aujourd'hui, forgé par quinze années à l'école de la survie. Un homme qu'il valait mieux ne pas se mettre à dos et qui n'aimait pas qu'on lui dise non. Pour la première fois, je mesurais vraiment à qui j'avais affaire.

— Eh bien, j'apprendrai à le piloter moi-même, ce fichu avion ! répliquai-je avec défi. Je ne t'appartiens pas, Val. Je n'ai pas d'ordres à recevoir. Ni de toi ni de personne.

— Tu ne l'épouseras pas. Je t'en empêcherai.

Je haussai un sourcil.

— Et comment comptes-tu t'y prendre ? En me retenant prisonnière comme ton père l'a fait avec toi ?

— Je ne suis *pas* comme lui ! cracha Valentin avec une soudaine véhémence. Je n'ai pas besoin de m'abaisser à cela…

Il s'avança le long de la jetée, de cette démarche féline tout en puissance contenue. Un prédateur acculant sa proie. Je n'avais pas fui la première fois. Je ne fuirais pas maintenant. Il ne me ferait aucun mal. Il allait seulement chercher à m'amadouer jusqu'à obtenir de moi ce qu'il voulait. Eh bien, qu'il essaie !

Je levai le menton, histoire de lui faire comprendre qu'on ne me manipulait pas si facilement. Il s'immobilisa à quelques centimètres de moi. La chaleur de son corps m'enveloppa, et avec elle son odeur tentatrice, résolument virile. Le geste était délibéré. C'était sa façon de me rappeler qu'il était un homme, moi une femme, et que je le désirais. Comme je n'avais jamais désiré personne.

Sans un mot, il saisit le devant de ma tunique et tira d'un coup sec. La robe se déchira, me laissant nue devant lui. Ses yeux erraient avidement sur mes formes. Je ne fis pas un geste pour me couvrir. Je possédais un pouvoir moi aussi, que je n'avais jamais vraiment compris jusque-là. Peut-être parce que j'avais toujours sous-estimé ma féminité…

Le pouvoir du sexe.

Il me désirait, mais ne pouvait m'avoir que si j'y consentais.

Il tendit les mains vers mes hanches.

— Ne me touche pas.

Le message était sans équivoque : je ne céderais pas. Moi aussi, je me défendais à ce jeu-là. Ses mains se figèrent à mi-chemin. Colère et frustration flamboyaient dans son regard comme il luttait contre son instinct sexuel.

— Qu'est-ce que c'est que cela ? Un test ? tonna-t-il.

— Non, un ultimatum. Si tu me veux, tu dois me promettre de me laisser partir. Je rentrerai à Madrid et épouserai Constantin, comme prévu.

Il jura en espagnol.

— Je n'apprécie guère les ultimatums, Livvy.

— Dommage, car c'est tout ce que tu obtiendras de moi.

Un éclair traversa ses prunelles.

— Cela n'a jamais fonctionné avec Domingo. Pourquoi serait-ce différent avec toi ?

— Je ne suis pas Domingo.

Et, parce que je ne craignais pas de tenter le diable, je posai une main sur son torse.

— Bonne nuit, Val. Fais de beaux rêves.

Sans ramasser ma robe, je tournai les talons et rentrai nue à la villa.

12.

Valentin

Je passai la nuit sur la jetée à fulminer en ressassant mon échange avec Olivia. Tout mon corps bouillonnait de désir inassouvi. À l'aube, je nageai longuement dans le lagon afin d'apaiser mes ardeurs, puis regagnai la villa. Dans ma chambre, les draps froissés du lit semblaient me narguer. L'odeur féminine d'Olivia flottait encore dans la pièce. Mon corps réagit au quart de tour. D'humeur massacrante, je sautai sous la douche. Le jet d'eau froide me transperçait comme autant d'aiguilles glacées.

Elle était si belle, ma Livvy… Debout sur la jetée, la tête haute. Elle n'avait même pas chancelé quand je lui avais arraché sa tunique. Elle m'avait tenu tête, fière et nue. Elle m'avait dit « non ». Si je la voulais, je devais la laisser partir…

Personne ne me disait quoi faire. Personne. Plus depuis Domingo. Et comment pourrais-je la laisser partir ? S'imaginait-elle vraiment que j'allais rester sur la touche pendant qu'elle épousait un autre homme ? Mon frère jumeau qui plus est, que j'avais tout fait pour protéger ?

Mon réflexe avait été d'ignorer ses protestations. Une seule caresse m'aurait suffi à briser sa résistance. J'aurais pu la faire mienne sur la jetée et elle se serait liquéfiée entre mes bras en criant mon nom. Il ne m'aurait pas fallu longtemps pour lui faire oublier son stupide ultimatum.

Mais quelque chose m'avait arrêté. Quelque chose dans ses accusations… Je la manipulais depuis notre arrivée sur l'île.

Quelle raison aurait-elle de baisser la garde avec moi ? Elle ne me faisait pas confiance, et c'était cela qui m'avait bloqué. J'avais eu mauvaise conscience, moi qui croyais ne plus en avoir depuis longtemps. Elle m'avait défendu de la toucher, et je n'avais pas pu le faire. Ses reproches me poursuivaient. Avais-je vraiment utilisé contre elle ses plats préférés et nos souvenirs d'enfance ?

Je n'avais pas vu les choses ainsi, sur le moment. J'essayais seulement de mettre toutes les chances de mon côté pour atteindre mon objectif. Alors oui, peut-être l'avais-je effectivement manipulée. Je voulais qu'elle se rappelle ce que nous avions adolescents. Ce que nous étions l'un pour l'autre…

Mais, comme elle me l'avait répété, elle n'était plus cette personne-là. Ni moi le garçon d'autrefois. Je n'avais plus le droit de la toucher. Ce n'était pas un dîner calculé ou une nuit de sexe torride qui allaient la faire changer d'avis. Et de quel droit la privais-je de son libre arbitre ? N'était-ce pas ce que Domingo avait fait avec moi pendant toute mon enfance ?

Cela ne m'avait pas empêché de faire mes propres choix, juste pour le contrarier. Juste pour lui montrer qu'il ne pouvait pas gagner contre moi. Non… Le but n'était pas de gagner ou de perdre. Si je me rebellais, c'était pour protéger Constantin. C'était cela, ma mission. Et j'avais échoué.

Je secouai la tête. Qu'est-ce que Constantin ou Domingo avaient à voir là-dedans ? C'était d'Olivia qu'il était question. Ultimatum ou non, je ne la laisserais pas rentrer à Madrid pour épouser mon frère. Cela n'arriverait pas, fin de la discussion.

Après ma douche, je me rendis dans mon bureau, une pièce spacieuse dont les larges portes-fenêtres donnaient sur la terrasse entourant la maison. Cette villa était mon lieu de détente favori. J'aimais ses espaces dégagés, sans recoins sombres ou étriqués. Presque chaque pièce offrait une vue panoramique sur l'océan. Il suffisait d'ouvrir une des portes coulissantes en verre pour être dehors. Vivre enfermé six mois dans un sous-sol sans fenêtres avait laissé des séquelles. Aujourd'hui encore, je détestais être confiné. Si je m'étais enrichi, c'était avant tout pour me garantir une liberté totale.

Les murs de mon bureau disparaissaient derrière des étagères remplies de livres sur des sujets divers et variés. J'y exposais également une collection de petits trésors naturels : un caillou blanc et lisse, un morceau de bois flotté d'une forme étonnante, un joli coquillage, un fragment de corail rejeté sur la plage par la marée… Je pouvais poser ce que je voulais sur ces étagères. Toute la villa répondait à mes propres goûts. Après une enfance étouffante où tous mes faits et gestes étaient contrôlés, ces petites libertés constituaient un luxe dont je ne me lassais pas, même quinze ans après.

Devant l'une des fenêtres se trouvait un grand bureau en bois aux lignes épurées. J'allai m'y asseoir et allumai mon ordinateur. D'abord, m'entretenir avec mes avocats. Ensuite, consulter les médias afin de suivre l'évolution de la situation avec Constantin. Je n'avais reçu aucune alerte depuis la veille. C'était le calme plat. Étrange… Il n'allait quand même pas me laisser garder Olivia ? D'autant plus qu'elle semblait pressée de le retrouver. Domingo, lui, ne l'aurait jamais permis.

Je parcourus les informations d'un œil distrait. Mon esprit était ailleurs. Une nouvelle stratégie s'imposait avec Olivia. Elle était trop méfiante à mon égard. Je devais gagner sa confiance. La ramener à Madrid était hors de question, mais peut-être pourrais-je la laisser mener nos futures interactions ? Ce ne serait plus de la manipulation, si elle prenait l'initiative. Peut-être m'en dirait-elle plus sur son entreprise et ses projets de réformes. Je savais certaines choses, mais pas tout. Quant au sexe, si elle s'y opposait, je survivrais. Je n'étais pas obsédé à ce point. Ce serait l'occasion d'apprendre à mieux connaître l'Olivia d'aujourd'hui au lieu de m'accrocher à mes souvenirs d'adolescent. Après tout, elle ne semblait pas détester ma compagnie. Je lui avais parlé de Domingo et de ce qui s'était passé quinze ans plus tôt, et elle aussi s'était confiée à moi. Elle m'en avait voulu de ne l'avoir jamais recontactée. Je comprenais sa colère. C'était ma faute, une fois de plus. J'aurais pu capituler…

Capituler ? Face à Domingo ?

J'eus un rictus de dérision. Non, ça n'avait jamais été une option. Il se serait retourné contre Constantin.

Constantin qui venait s'asseoir contre la porte du sous-sol malgré l'interdiction de Domingo d'en approcher. Il bravait les règles juste pour pouvoir me glisser des petits mots. Des messages me demandant pourquoi je ne cédais pas. M'avertissant que notre père ne me laisserait jamais sortir si je m'entêtais. Qu'il me garderait enfermé là pour toujours. À aucun moment il ne s'était excusé de m'avoir dénoncé. C'était sa trahison qui m'avait condamné à cette captivité interminable dans une pièce sans fenêtre, à rester coupé du monde et d'Olivia. C'était pour lui que j'étais devenu le souffre-douleur de Domingo.

Cela m'était égal, car j'avais compris une chose à ce moment-là… Constantin n'était plus mon frère. Juste le fils de Domingo. Le même monstre à tout point de vue. Voilà pourquoi il ne s'était pas excusé. Il n'avait que faire de moi, comme il n'avait que faire d'Olivia. Quoi d'étonnant à cela ? Un psychopathe était dépourvu d'empathie.

Quinze ans plus tard, cette blessure n'était toujours pas refermée. J'étais furieux, oui. Fou de rage, même. Contre Domingo. Pour ce qu'il avait fait à Constantin. Pour ce qu'il nous avait fait à tous les deux. Un lien fort nous unissait en tant que jumeaux. Domingo l'avait détruit. À cause de lui, je n'avais d'autre choix que d'enlever tout pouvoir à Constantin avant que lui aussi fasse le mal autour de lui.

Plus que tout, j'étais furieux contre moi-même de n'avoir pas su le protéger. Dans un accès de rage, je balayai du bras ce qui se trouvait sur mon bureau. L'ordinateur s'écrasa par terre dans un fracas métallique. Un piètre exutoire à la colère qui tournoyait en moi. Domingo était mort. Je ne pouvais plus me défouler sur lui. Restaient le sexe ou l'exercice. Et puisque le sexe m'était refusé…

La salle de sport se trouvait à l'autre bout de la villa. Après m'être changé, je montai sur le tapis de course et courus jusqu'à l'épuisement. Olivia détesterait être retenue ici. Mais elle devrait s'y résigner, pour sa propre sécurité. J'avais échoué à protéger mon frère. Je ne commettrais pas la même erreur avec elle. Si sa revanche était de me priver de son corps, eh bien, qu'elle essaie. On verrait bien qui tiendrait le plus longtemps. J'avais été battu, isolé et privé de nourriture. Enfermé dans un sous-sol pendant six mois pour avoir refusé de me rendre. J'avais feint ma mort et bâti un empire à partir de rien. Domingo lui-même n'avait pas su gagner contre moi. Olivia ne réussirait pas davantage.

Et qu'est-ce que cela t'apportera ?

La question me prit de court, insidieuse tel un poison. J'eus beau accélérer le rythme, impossible de la semer. Elle me rattrapait toujours. C'était une question stupide ! Qu'est-ce que cela m'apporterait ? Olivia. C'était elle que je voulais. En fin de compte, elle serait mienne.

Résister à Domingo t'a-t-il jamais donné ce que tu voulais ?

Je serrai les poings et augmentai la vitesse au maximum. Bien sûr que cela avait fonctionné avec Domingo. Il avait réagi exactement comme je l'attendais : il avait concentré toute son attention sur moi. Ma rébellion l'avait distrait, permettant à Constantin de souffler. Constantin était le fils modèle qui se conformait aux ordres. Moi, j'étais le mouton noir qui désobéissait et devait sans cesse être puni. Je n'avais jamais cédé. Pas une seule fois. Et pourtant…

J'étais mort. J'avais tout perdu. Constantin était devenu le nouveau Domingo, et Olivia avait eu le cœur brisé. Tu parles d'une victoire !

Je frappai le bouton « arrêt » du poing et restai là, pantelant et en sueur. Je pourrais courir aussi longtemps que je le voudrais, cela ne changerait pas la vérité. Non, mon ultime acte de défiance n'avait pas fonctionné comme prévu. J'étais mort, et Olivia en avait souffert. Elle avait cru que je m'étais moqué d'elle. Que je ne l'appelais pas parce que je l'avais oubliée.

Elle était passée après mon besoin de l'emporter sur Domingo.

Je descendis du tapis de course et sortis me vider la tête sur la terrasse. Après avoir bien transpiré, quoi de mieux pour se délasser que piquer une tête dans le lagon ? Quelques secondes plus tard, j'étais dans l'eau. L'effet sur mes muscles endoloris fut quasi immédiat. Mais la même pensée tournait en boucle dans ma tête. Et si j'avais accepté de ne plus jamais revoir Olivia ? Domingo l'aurait laissée tranquille. Il ne s'intéressait pas à elle. Elle n'était qu'un pion dont il se servait contre moi. Si j'avais obéi, j'aurais pu trouver un moyen de lui envoyer un message à l'insu de Domingo et lui expliquer la situation. Une fois majeur et libre, je l'aurais retrouvée. Peut-être m'aurait-elle attendu. Qui sait si nous ne serions pas mariés aujourd'hui ?

Et peut-être serait-elle toujours l'Olivia que j'avais connue. Pas un diamant dur et froid que rien n'entamait.

Mais, comme avec Constantin, j'avais échoué à la protéger.

Un étau me comprima la poitrine. Non, cela ne servait à rien de penser avec des « si » et des « peut-être ». Le passé était le passé. Rien ne pouvait le changer. Mais l'avenir, si, et je comptais bien le rendre meilleur pour nous deux.

Je rebroussai chemin et sortis de l'eau, une nouvelle idée en tête. Les compromis avaient beau n'avoir jamais été mon fort, je devais faire un geste vers Olivia afin de lui prouver ma bonne foi. Lui offrir quelque chose qui nous satisfasse tous les deux, tout en garantissant qu'elle n'épouse pas Constantin. Pas seulement parce qu'il était un monstre, mais parce qu'elle n'était pas amoureuse de lui.

Elle me voulait, moi. J'avais tout ce qu'avait Constantin, plus un atout que lui ne possédait pas : la passion. La capacité à lui donner du plaisir. C'était mon nom qu'elle avait crié quand je lui avais fait l'amour. C'était moi, l'objet de ses fantasmes. Pas Constantin.

Moi et moi seul.

J'attrapai une serviette et me séchai, puis allai me changer. Sitôt habillé, je me dirigeai vers la chambre occupée par Olivia. La porte était fermée. Plutôt que d'entrer sans y être invité, je frappai poliment. Si je voulais la conquérir, feindre les bonnes manières ne suffirait pas. Je devais être un gentleman et non me contenter d'en imiter un.

— Entre !

Il n'y avait personne dans la pièce. J'avançai vers la porte-fenêtre… et m'arrêtai net.

Olivia prenait le soleil sur la terrasse.

Entièrement nue.

13.

Olivia

Bronzer nue était un pari osé. Si Valentin pouvait se baigner et parader en tenue d'Adam, rien ne m'empêchait de paresser sur un transat dans le plus simple appareil, non ? De toute façon, je n'allais pas rester là à me tourner les pouces. Je devais agir.

Plus tôt dans la matinée, j'avais contacté Rachel afin de me renseigner sur les vols depuis les Maldives. Elle s'était étonnée de mon retour anticipé, mais n'avait posé aucune question. Personne ne devait connaître ma vraie situation. C'était mon unique avantage. Si le conseil ignorait que j'avais été kidnappée par Valentin et me croyait en vacances avec Constantin, au moins, je ne passais pas pour une victime. Ni pour une fiancée d'apparat que deux frères se disputaient comme ils le feraient avec…

Une voiture de collection. Un joli ornement à afficher à leur bras. Voilà ce que j'étais.

Plus pour longtemps.

Je devais rentrer à Madrid et j'userais de toutes les armes à ma disposition pour y parvenir. Y compris le sexe. Ma mère recourait souvent à ce genre de tactique. Elle se faisait belle pour mon père avec une robe neuve, du maquillage et une coiffure travaillée. Parfois, cela fonctionnait et d'autres fois, non. Je n'avais jamais compris pourquoi elle se donnait tant de mal. À sa place, je l'aurais quitté depuis longtemps. M'abaisser au même stratagème me dérangeait. Mais Val était une telle tête de mule ! Il avait cependant une faiblesse : moi.

En entendant son pas dans le couloir, il ne m'avait pas fallu une minute pour enlever mon bikini et m'allonger sur un transat, le cœur battant. S'il me voulait, il devait me laisser partir. Je devais donc faire en sorte de le rendre absolument fou de désir. Je l'aurais à l'usure… Ce qui revenait à agir comme Domingo. La culpabilité m'envahit. Ses confidences de la veille m'avaient bouleversée. Sa captivité. Sa détermination à risquer les foudres de son père pour protéger son frère. Sa colère quand il en parlait, qu'il croyait sans doute indécelable, mais que je voyais flamber dans ses yeux. Val était un volcan constamment au bord de l'éruption.

J'étais tiraillée entre l'envie de l'aider et le besoin de m'éloigner au plus vite. Je savais ce qui arrivait aux femmes qui restaient avec ce genre d'homme. Elles s'étiolaient, réduites à l'ombre d'elles-mêmes. Ma mère en était un triste exemple. Elle était restée fidèle à un mari qui ne l'avait épousée que pour sa beauté et sa jeunesse. Il ne l'aimait pas, ni n'avait le moindre respect pour elle, allant jusqu'à lui reprocher une chose dont elle n'était pas responsable. Et moi, que deviendrais-je si je restais avec Val ?

Sa rage vous consumera tous les deux.

La porte s'ouvrit. J'adoptai une pose alanguie, un bras en travers de mes yeux bien que le parasol me protégeât du soleil. Je n'étais pas encore prête à le voir. Pas sans mon armure bien en place. Les pas s'arrêtèrent au milieu de la pièce. Parfait. Il m'avait vue.

Je sentais sa présence plus que je ne l'entendais. Surtout son regard sur moi. Des étincelles crépitèrent sur ma peau. C'était terriblement érotique de s'exhiber ainsi, nue sous les yeux d'un homme qui vous désirait. Car il brûlait de désir pour moi, je le savais.

Et c'était réciproque.

Je restai immobile, en m'efforçant d'ignorer la chaleur inondant mon bas-ventre.

— Ravi de voir que tu profites du soleil.

Sa voix grave et rauque venait de tout près.

— J'espère que tu as mis de la crème solaire ?

Il devait se tenir juste à côté de mon transat. Je gardai mon bras sur mes yeux. J'avais le cœur qui battait à cent à l'heure malgré mes efforts pour rester calme et détachée.

— Oui. Mais l'effet doit s'être estompé, maintenant.

Je marquai une pause calculée.

— Tu pourrais peut-être m'en remettre ?

Il s'esclaffa, d'un rire si spontané et sensuel que j'eus envie de continuer à parler juste pour le faire rire de nouveau.

— Pour une femme inexpérimentée, tu te défends à ce petit jeu. Je suis impressionné, Livvy.

Je l'entendis se déplacer, et une bouffée de son après-rasage me fit tourner la tête. L'extrémité du transat pencha sous son poids comme il s'y asseyait. Que faisait-il ici ? Était-il prêt à un compromis ? Cela signifiait-il que j'avais gagné ? Ou au moins repris l'avantage ? J'en avais assez qu'il ait toutes les cartes en main. S'il voulait jouer, ce serait d'égal à égale.

Je me décidai à baisser le bras. Val me regardait, le flacon de crème solaire entre les doigts. En T-shirt noir et jean délavé, il était toujours aussi sexy. Ses yeux se promenèrent sur mes seins, avant de glisser le long de mon ventre vers mes cuisses. Le désir voilait ses prunelles. Il me voulait et ne s'en cachait pas.

Ma bouche s'assécha. *Zut.* Mon plan se révélait à double tranchant. Je n'avais pas mesuré qu'en provoquant Valentin, je m'exposais au risque d'être tentée aussi.

Il retourna le flacon et versa un peu de crème dans le creux de sa paume.

— Tourne-toi, mon étoile. Je vais commencer par ton dos.

Il arqua un sourcil suggestif.

— À moins que tu ne préfères que je commence par le devant ?

Il était encore temps de faire marche arrière. Je pouvais toujours m'enduire moi-même de crème solaire devant lui. Mais c'était plus fort que moi. Je mourais d'envie de sentir ses mains sur mon corps. Alors pourquoi m'en priver ? Aucun risque de dérapage. Les choses n'iraient pas plus loin.

Sans un mot, je m'allongeai sur le ventre.

Je le sentis se déplacer. Il vint s'asseoir plus haut sur le transat, au niveau de ma hanche, et écarta mes cheveux sur mon épaule. Il était si proche ! Sa chaleur s'insinuait en moi et me donnait le vertige. M'exhiber nue devant lui n'était peut-être pas l'idée du siècle, tout compte fait. D'un autre côté… Céder à ses avances serait-il une si mauvaise chose ? Cela ne l'avait pas été quand il m'avait fait l'amour sur la plage, puis de nouveau dans sa chambre. Au contraire, l'expérience avait été inoubliable. Qu'est-ce qui me pressait de rentrer à Madrid ? Constantin ne se donnait même pas la peine de me chercher. Où était le mal à prolonger un peu mon séjour avec Val ?

Et après ? Tu ne voudras plus jamais repartir. Tu resteras ici et tu l'épouseras, comme il l'avait prévu. Tu finiras par faire ses quatre volontés. La parfaite épouse trophée. Cela te rappelle quelqu'un ?

Non. Cela n'arriverait pas. J'étais plus forte que cela. Plus solide que ma mère. Elle n'était pas un diamant, mais un Chamallow, malléable entre les mains de mon père. Moi, j'étais différente. Jamais je ne laisserais un homme me marcher dessus. Surtout pas pour un peu de sexe, aussi fabuleux soit-il. Constantin, lui, m'apportait son soutien financier et son patrimoine génétique. C'était tout ce dont j'avais besoin. Le reste, je l'obtiendrais par moi-même.

La crème coula le long de ma colonne vertébrale et me fit frissonner. Puis les mains de Val furent sur moi, chaudes sur ma peau nue, étonnamment délicates. Elles se mirent à me masser le dos en lents mouvements circulaires, bien plus lascifs que nécessaire. Oh ! Val était un vrai magicien. Mon corps exultait, à la fois délassé et tendu d'excitation. Cela n'avait aucun sens ! Comment diable faisait-il cela ? Ses caresses me transformaient en poupée de chiffon. Je brûlais de me retourner et de cambrer le dos, juste pour lui offrir mes seins gorgés de désir. Je voulais qu'il me touche, là et plus bas, où pulsait le bourgeon secret de ma féminité…

Mais non. Je resterais forte.

— Alors dis-moi, pourquoi tiens-tu tant à épouser Constantin ? s'enquit-il d'une voix doucereuse.

La tête posée sur mes avant-bras, je m'efforçais de l'écouter sans me laisser distraire par le va-et-vient de ses mains sur mes épaules.

— Mon père a fait certains choix hasardeux vers la fin de sa vie qui ont laissé l'entreprise au bord de la faillite. Constantin m'a offert son aide, et j'ai accepté.

— L'offre vient de lui ?

— Oui. Il a appris que nous étions en difficulté. Il est venu me voir avec une proposition.

— Le mariage en faisait partie ?

Je n'avais aucune raison de lui mentir sur ce point.

— En effet.

— Un peu médiéval, comme façon de faire, non ?

Ses mains quittèrent mes épaules pour me masser le long de ma colonne vertébrale.

— Je ne le voyais pas du genre à se marier.

Les yeux fermés, je me remémorai notre entrevue. J'avais eu beau m'y préparer, le revoir après tant d'années m'avait bouleversée. Quand il était entré dans mon bureau, tout s'était embrouillé. *Val. C'est Val*, avais-je pensé. Puis ma confusion s'était dissipée, et la réalité avait repris ses droits. J'en avais eu les larmes aux yeux.

— Il pensait que ce serait bénéfique pour nous deux, répondis-je en bloquant ce souvenir. Il m'a expliqué qu'il était prêt à se ranger et voulait des héritiers.

Le massage s'interrompit. Puis je sentis un liquide frais sur ma peau, que Val entreprit d'étaler sur mon fessier. Un délicieux frisson me parcourut. Je résistai à l'impulsion de lever les hanches à la rencontre de ses paumes.

— Je vois, dit-il d'un ton neutre. Était-ce une condition à son aide financière ?

Ses mains allaient et venaient sur mes fesses, s'appliquant à faire pénétrer la crème. Parfois, le bout de ses doigts effleurait l'intérieur de mes cuisses, une zone particulièrement érogène. Je me mordis la lèvre pour ne pas réagir.

— Je suppose qu'il ne se contente pas de régler tes dettes ?

reprit Val tout en continuant à mettre mes sens au supplice. Exige-t-il une forme de mainmise financière pendant un temps ?

Pourquoi me posait-il toutes ces questions ? S'il m'observait depuis des années, il devait bien avoir une idée de ce que m'offrait Constantin, non ?

— Tu ne sais vraiment pas ? le questionnai-je à mon tour. Ou essaies-tu encore de me manipuler ?

— N'est-ce pas ce que tu es en train de faire, toi aussi ? repartit-il avec un petit rire.

Je réprimai un sourire à cette pique. Il me taquinait, mais à ses propres dépens. Plus aux miens.

— Peut-être. Est-ce que cela fonctionne ?

— Je ne saurais le dire.

Ses doigts voletèrent dans le creux de mon dos. Cette fois, je m'autorisai à sourire. Oui, cela fonctionnait.

— Pour répondre à ta question, même si je devine les motivations de Constantin, je suis quand même curieux de connaître les détails.

Je me détendis légèrement.

— Il propose de diriger Wintergreen jusqu'à ce que les affaires aillent mieux, expliquai-je. Le but est de rassurer le conseil sur mes compétences de P-DG.

Val massait à présent mes cuisses et l'arrière de mes genoux. Mon Dieu, c'était si bon ! Je me sentais de plus en plus relaxée.

— Il ne te rendra jamais ton entreprise, commenta-t-il. Tu le sais, n'est-ce pas ?

Ah oui, bien sûr. Constantin était un monstre.

— Pourquoi ferait-il cela ? Il n'a aucune raison, objectai-je.

— Pour garder un moyen de pression sur toi.

Les mains de Val opéraient leur magie sur mes mollets, avec une telle maestria que je devais serrer les dents pour ne pas gémir de plaisir.

— C'était l'une des tactiques favorites de Domingo. Je te l'ai dit, cette ordure a déteint sur Constantin.

Je n'y croyais pas une seconde. Mais Val, lui, n'en démordait pas.

— Pourquoi persistes-tu à penser cela ? demandai-je. Constantin est bien des choses. Mais il n'est pas Domingo.

Les doigts de Val se figèrent.

— Je vois qu'il t'a ensorcelée.

— Ensorcelée ? répétai-je avec dérision. Constantin ? Je croyais que tu le connaissais ?

Il y eut un long silence. Pour finir, il retira ses mains.

— Tourne-toi, mon étoile.

Je ne bougeai pas.

— Seulement si tu m'expliques d'où te vient cette fixation qu'il est un psychopathe.

Un autre silence suivit. Lorsqu'il reprit la parole, sa voix était à peine audible.

— Il me glissait des mots sous la porte. Du genre, « Pourquoi ne fais-tu pas ce que papa te demande ? » ou « Obéis et il te libérera ». Il ne s'est jamais excusé de m'avoir trahi. Il ne manifestait aucune empathie. Tu sais ce qu'on dit à propos des psychopathes.

Je devinais la blessure derrière ces mots. La colère aussi, sans savoir si elle était dirigée contre Constantin, leur père ou lui-même.

— Tourne-toi, maintenant.

C'était un ordre, pas une requête. Pourquoi refuser ? Son massage était peut-être un nouveau stratagème, mais c'était moi qui en étais à l'origine. Et visiblement, nous passions tous les deux un bon moment. J'aimais sentir ses mains sur moi. C'était comme si mes os se liquéfiaient sous ses caresses.

Je me retournai, les yeux fermés pour ne pas être éblouie par le soleil. J'entendis Val retenir son souffle. Un sourire flotta sur mes lèvres.

— La vue te plaît ?

— Sorcière, répliqua-t-il avec amusement. Tu me nargues, n'est-ce pas ? Pour ta gouverne, oui. La vue est spectaculaire.

Il se pencha vers moi.

— Donc il veut des héritiers ? Il n'y a rien de honteux à être une épouse et une mère. Mais tu veux plus que cela, non ?

Tu es une femme ambitieuse, je le sais. Tu as des projets pour Wintergreen. Dis-m'en plus.

Son intérêt paraissait sincère. Cela me flatta malgré moi. Un plaisir très différent prit le dessus lorsqu'il versa de la crème solaire entre mes seins.

— Je veux pouvoir offrir la garantie que tous les diamants que nous vendons ont été extraits de manière éthique, expliquai-je, n'ayant aucune raison de cacher ce projet qui me tenait à cœur. Pour l'instant, ce n'est pas le cas.

— Excellente initiative. Je la soutiens à cent pour cent. Où est le problème ?

— Le conseil renâcle. Il craint que cela n'affecte la rentabilité.

Tous ces vieux conservateurs se méfiaient de mes idées « progressistes » à l'opposé des leurs. Comme si c'était progressiste de faire passer la vie des gens avant l'argent !

— Je vois.

Il étalait maintenant la lotion sur mes seins, avec des gestes sensuels sans être ouvertement sexuels.

— Je doute que Constantin t'aide à faire évoluer Wintergreen dans cette direction.

Impossible de lutter plus longtemps. Je m'abandonnai au plaisir de ses caresses comme ses mains descendaient vers mon ventre et mes hanches, totalement détendue.

— Laisse-moi te faire une contre-proposition. Choisis-moi plutôt que lui.

Ses doigts massèrent la zone sensible au-dessus de mon pubis. Pas en dessous, là où je me languissais qu'il me touche vraiment.

— Épouse-moi et, en contrepartie, je réglerai les dettes de Wintergreen, sans m'arroger ta position. Il est évident que tu as toutes les compétences pour être P-DG. Ces dettes sont celles de ton père, pas les tiennes. Pourquoi devrais-tu payer pour ses erreurs ?

Ce soutien inattendu me prit de court. Était-ce ce qui me mettait mal à l'aise dans l'offre de Constantin ? Car quelque chose m'avait toujours gênée, sans que je parvienne à mettre le doigt dessus. Val, lui, avait cerné tout de suite le problème.

L'insistance de Constantin à me remplacer, même provisoirement, avait des airs de punition, comme si c'était moi, et non mon père, qui étais responsable de l'état de l'entreprise.

— Tu seras libre, Livvy, poursuivit-il en faisant glisser ses paumes le long de mes cuisses. Aucune limite ne te sera imposée. Je prendrai soin de toi si tu le souhaites et mettrai un point d'honneur à satisfaire tes besoins. Tu ne seras jamais en manque de plaisir, ni d'attention.

Ses mains sur moi court-circuitaient mon jugement. Son offre était alléchante, je devais l'admettre. L'épouser, lui. Régler les dettes de Wintergreen. Diriger l'entreprise. Et conserver ma liberté… Il présentait ce dernier point comme une largesse de sa part. Depuis quand était-ce à lui de me donner ou non ma liberté ? Sans oublier un certain détail qu'il avait omis de mentionner.

J'ouvris les yeux et cillai, aveuglée par la lumière. Val s'était levé et me fixait, debout à côté du transat. Le désir se lisait dans ses pupilles dilatées. Dans sa posture rigide. Dieu sait quel effort de discipline il s'imposait ! Il était au bord de l'implosion. Et c'était moi qui l'avais mis dans cet état.

— Alors ? me pressa-t-il. Qu'en dis-tu ?

— Et pour ce qui est des héritiers ? demandai-je, m'arrachant doucement à ma torpeur. Cela faisait partie du marché avec Constantin.

Pour la première fois depuis qu'il m'avait amenée sur cette île, je le vis douter.

— Des héritiers ?

— Oui. Wintergreen est une entreprise familiale. Je veux des enfants à qui la transmettre.

Le feu dans ses yeux s'évanouit dans la seconde. Son expression se ferma.

— Non, asséna-t-il, catégorique. Je ne te donnerai pas cela.

Mon cœur sombra dans ma poitrine. J'aurais dû m'y attendre. Fonder une famille ne l'intéressait pas, il avait été très clair là-dessus. Mais Wintergreen était important pour moi. J'aspirais plus que tout à léguer l'entreprise à mes enfants. Avec Constantin, j'avais espéré m'épargner le long processus d'une FIV. Mais si Val refusait d'être père, quel autre choix me restait-il ?

— Dans ce cas, je vais devoir me débrouiller seule, dis-je en soutenant son regard. Ce ne sera pas un problème, n'est-ce pas ?

Il me dévisagea un moment, la mâchoire serrée. En proie à un conflit intérieur que je percevais sans le comprendre. Sans un mot, il posa le flacon de crème solaire, tourna les talons et s'en alla.

14.

Valentin

Un enfant. Elle voulait un enfant.

Assis à mon bureau, je peinais à me concentrer sur mon travail. Mes yeux fixaient l'écran d'ordinateur sans le voir.

Je ne m'attendais pas à ce qu'elle soit aussi sérieuse sur ce point. À la réflexion, j'aurais dû le voir venir. Elle avait de l'ambition et savait ce qu'elle voulait. Wintergreen comptait beaucoup pour elle. Elle avait travaillé très dur pour en arriver là. Comme elle l'avait souligné, c'était une entreprise familiale. Elle en avait hérité de son père et espérait la léguer un jour à ses enfants. Tout cela était logique.

Et problématique pour moi. Mes gènes étaient défectueux. Hors de question de les transmettre. Quant à devenir parent… Impossible. Je ne saurais pas comment faire. Comment pourrais-je être un bon père ? Sur quel modèle m'appuyer ? Ce n'était pas le mien qui allait me servir d'exemple.

Olivia avait parlé de « se débrouiller seule ». Elle envisageait sans doute une FIV. Cela n'aurait pas dû me poser de souci. Alors pourquoi tout mon être s'élevait-il violemment contre l'idée ? Comme… comme si je voulais qu'elle porte mon enfant. C'était absurde !

Partir avait été une erreur. J'aurais dû accepter pour la forme et faire ce qui m'avait démangé depuis la seconde où je l'avais vue nue sur ce transat : sceller notre accord dans une étreinte passionnée.

Mais je l'avais plantée là.

Je fis pivoter mon fauteuil vers la fenêtre. Un magnifique coucher de soleil embrasait l'horizon dans un dégradé d'or et d'orangés. Mais tout ce que je voyais était le gris des yeux d'Olivia, tantôt métal en fusion, tantôt acier trempé. Elle était devenue une femme redoutable, ma Livvy. Nous étions dans une impasse.

Comme avec Domingo.

Le doute me tiraillait. Ce n'était pas ainsi que les choses étaient censées se passer. Certes, elle m'en voudrait d'avoir feint ma mort. Mais, une fois sa colère calmée, elle se rappellerait notre idylle d'autrefois et me tomberait dans les bras. Une semaine, pas plus. C'était le temps qu'il me faudrait…

Deux jours ne s'étaient pas écoulés, et rien ne se déroulait comme prévu !

Tu croyais vraiment que ce serait si facile ?

Je détestais les compromis. Je ne cédais jamais. Ma volonté devait rester inflexible pour résister à celle de Domingo. Je peinais à m'ajuster quand quelqu'un s'y opposait. Mais Olivia était un diamant, inflexible elle aussi. L'un de nous devait faire le premier pas.

J'avais reconquis la jeune fille d'autrefois. Mais la femme d'aujourd'hui n'était pas du genre à se laisser amadouer. Son courage, sa force, son obstination… Toutes ces qualités qui m'avaient plu chez elle adolescente s'étaient agglomérées en une armure impénétrable, qu'elle n'était pas prête à enlever pour moi. Chaque fois que je croyais approcher du but, je m'y heurtais de plein fouet. Comment la contourner ? Comment toucher le cœur d'Olivia ?

Pourquoi y tiens-tu tellement ?

Pourquoi ? Parce que je l'aimais, bien sûr ! Pour quelle autre raison ? Et je voulais que ce soit réciproque. Ce qui ne risquait pas d'arriver tant qu'elle refuserait de baisser la garde. Sa passion ne me suffisait pas. Je voulais son amour aussi. Restait à le gagner…

Elle n'avait aucune confiance en moi. Lui donner l'initiative aujourd'hui n'avait résulté qu'en une nouvelle transaction. Ce n'était pas mon but. Je ne voulais pas qu'elle m'épouse en contrepartie d'un enfant et d'un effacement de ses dettes. Je voulais qu'elle m'épouse parce qu'elle m'aimait. C'était à cela que j'aspirais. Depuis le début. Je m'étais complètement fourvoyé en cherchant à la manipuler. La clé de son amour était la confiance. Pour l'obtenir, je devais faire un geste et lui prouver que j'étais sincère. Surtout, ne pas brûler les étapes. J'avais besoin de temps pour y réfléchir.

Deux jours s'étaient écoulés depuis l'épisode de la crème solaire. Une pause nécessaire, pour elle comme pour moi. Olivia était toujours là, dans un coin de mes pensées. Mais d'autres questions me travaillaient.

Mon frère, en particulier.

Je n'avais obtenu aucune réponse de ses avocats. Constantin semblait avoir disparu de la surface de la terre. C'était frustrant, mais je ne manquais pas d'occupations. Depuis peu, je m'intéressais à l'idée de capital-risque. J'aimais me lancer dans de nouveaux projets. Cela me stimulait. J'avais beaucoup d'argent et je ne savais qu'en faire, alors pourquoi ne pas investir ?

En parallèle, je gardais un œil sur les médias. Toujours aucune mention de mon retour. Constantin avait fait un remarquable travail de censure. Cela me surprenait. À quoi jouait-il ? Je m'étais attendu à ce qu'il remue ciel et terre pour récupérer Olivia. Après quelques jours peut-être, le temps de décider d'une stratégie. Rien ne s'était passé. Personne ne semblait savoir où il se terrait.

Peut-être était-ce à moi de le trouver et de lui parler. La façon dont il m'avait regardé aux funérailles de Domingo… Il n'était pas sous le choc de me voir en vie. Il était furieux. Comme s'il savait déjà que je n'étais pas mort. Peut-être l'avait-il toujours su. Mais dans ce cas, pourquoi ne m'avoir jamais recherché ?

Une émotion inconnue m'assaillit. Je l'ignorai. Ce n'était pas une question que j'étais désireux de creuser. Malgré tous mes efforts, Domingo était parvenu à faire de Constantin son allié, à tel point que celui-ci n'avait pas hésité à nous trahir, Olivia et moi. Évidemment, qu'il n'avait rien fait pour me retrouver. Ma réapparition ne pouvait que le mettre hors de lui. Ce n'était pas sa faute, bien sûr. Il n'était qu'un enfant à l'époque. Il ne faisait pas le poids face à Domingo, et je ne l'avais pas suffisamment protégé.

Mon ventre se noua à cette pensée. Je fis le vide dans ma tête et reportai les yeux sur mon écran. L'après-midi était déjà bien avancé. Cela faisait deux jours que je n'avais plus revu Olivia. C'était délibéré de ma part. Je gardais mes distances, le temps de mettre au point un nouveau plan afin de m'attirer sa confiance. Plusieurs options s'offraient à moi, mais aucune ne me satisfaisait. Peut-être parce que toutes consistaient toujours à l'influencer d'une manière ou d'une autre. Cela ne fonctionnerait pas avec Olivia. Au contraire, elle se méfierait encore plus.

Quand on parlait du loup… La porte s'ouvrit tout grand et Olivia déboula dans mon bureau. Elle portait une autre de ces longues robes vaporeuses. De fait, elles constituaient l'essentiel de sa garde-robe. Celle-ci, bleu marine avec un décolleté profond en V et des manches flottantes, seyait à son teint diaphane et donnait un éclat bleuté à ses yeux, tout en faisant ressortir sa blondeur naturelle. Le désir me traversa de part en part. Ces deux jours m'avaient paru une éternité. Si je m'écoutais, je la dénuderais sur-le-champ et la prendrais là, à même le sol.

Elle se planta devant mon bureau, les bras croisés, le regard impérieux. Les battements de mon cœur s'accélérèrent.

— Ravi de te voir, Livvy. Que me vaut le plaisir ?

— As-tu fini de bouder, Val ? J'en ai assez d'attendre une réponse. Si tu refuses ma condition au mariage, où est mon avion ?

Dios, ce qu'elle m'avait manqué ! J'adorais quand elle jouait la carte de l'autorité. Cela la rendait encore plus sexy.

Je me laissai aller dans mon fauteuil.

— Étant donné que tu ne m'as jamais demandé d'avion, il doit toujours être dans son hangar.

Elle plissa des yeux méfiants.

— Je t'ai dit que…

— Tu m'as manqué, lâchai-je à brûle-pourpoint, les mots m'échappant malgré moi.

Elle cilla de surprise, puis son expression s'adoucit.

— Tu aurais pu me rejoindre quand tu le voulais, murmura-t-elle. C'est toi qui es parti, je te rappelle.

Une soudaine lassitude m'envahit. J'en avais assez de cette histoire. De me battre. D'échafauder des plans qui se soldaient par des échecs. Rien de tout cela ne me donnait ce que je voulais vraiment. Et si la franchise était la solution ?

— Dis-moi ce que je dois faire, Olivia. Dis-moi comment gagner ta confiance.

La stupeur se peignit sur ses traits.

— C'est ce que tu veux ? Que je te fasse confiance ?

Je serrai les dents. Était-ce si difficile à croire ?

— Oui. Tu m'as bien entendu.

Elle me dévisagea d'un air pensif.

— Eh bien, ne pas me kidnapper aurait été un bon début.

— Nous en avons déjà discuté, grognai-je avec impatience.

Ses yeux lancèrent des éclairs. Elle s'avança comme une tornade et planta fermement les poings sur mon bureau.

— Tu ne comprends pas, tonna-t-elle, la mine féroce. Tu m'as dupée et jetée sur ton épaule comme un vulgaire paquet. Tu m'as *kidnappée*, Valentin ! Et à aucun moment tu n'as eu la décence de t'excuser. Tout cela après m'avoir fait croire que tu étais mort pendant quinze ans !

La colère empourprait ses pommettes délicates. Soudain, je comprenais à quel point elle avait souffert sans jamais le montrer.

— Tu m'as brisé le cœur. Et tu voudrais que je te fasse confiance après cela ?

Une douleur me vrilla la poitrine, comme si elle venait d'arracher d'un coup sec une flèche qui aurait été fichée là tout ce temps. Je savais ce qu'elle ressentait pour moi. Je l'avais blessée. Depuis le début, je ne cessais de lui faire du mal.

— Domingo était dangereux. J'essayais de te protéger, tu ne comprends pas ?

— Alors tu es le héros de l'histoire, c'est cela ? Et moi, je suis la demoiselle en détresse qu'il faut sauver ? Comme tu devais le faire pour Constantin ? Je n'y crois pas une minute, Val. Il n'a jamais été question de moi ou de ton frère. Si cela avait été le cas, tu n'aurais pas fait ce coup d'éclat ridicule aux funérailles de ton père.

Elle se pencha vers moi.

— Tu ne m'aurais pas enfermée dans le rôle de victime impuissante que tu dois protéger à tout prix, quitte à m'enlever et me priver de tout libre arbitre. Tu n'aurais pas utilisé mes souvenirs et mes sentiments d'autrefois pour m'inciter à rester.

Plus elle parlait, plus sa respiration s'emballait.

— Tu ne m'aurais pas traitée comme… comme une petite chose faible et sans défense. Je ne suis pas ton jouet, Val. Tu aurais pu m'envoyer un mail ou m'appeler. Nous nous serions retrouvés quelque part pour en discuter et nous aurions avisé ensemble à partir de là.

Elle se redressa abruptement.

— Mais ce n'est pas ce que tu as fait.

Le plaisir que m'avait procuré son apparition s'était envolé. J'étais à la fois secoué et furieux, pris du besoin farouche de me défendre. Je voulais lui rétorquer qu'elle se trompait. Que je ne l'avais pas traitée ainsi. Que je ne l'avais jamais considérée comme une femme faible, encore moins une victime. Mais rien ne vint, et je savais pourquoi. Elle avait raison : je la voyais toujours comme une adolescente de quinze ans sans défense. Malgré mes beaux discours, j'avais agi dans mon propre intérêt, pas le sien. En prendre conscience était un véritable coup de massue. Le pire était que je l'avais blessée en me comportant ainsi. Tout était ma faute.

— Je suis désolé, articulai-je, chaque mot arraché au forceps. Je n'aurais pas dû agir de cette façon. Ce n'était pas correct.

Mais cela ne parut pas émouvoir Olivia.

— Es-tu vraiment désolé ? Ou referais-tu pareil si tu en avais l'occasion ?

Je me levai d'un bond, si brusquement que mon fauteuil tomba à la renverse. Une rage aveugle me consumait de l'intérieur. Une rage que je ne comprenais pas et dont je ne savais que faire.

— Qu'attends-tu de moi, Olivia ? C'est vrai, j'ai eu tort. Je me suis excusé. Que veux-tu que je te dise de plus ?

— Rien. Il n'y a rien d'autre à dire. Ce que je veux...

Elle secoua la tête et inspira profondément.

— Je ne suis pas ta victime, Val. Mais je ne suis pas non plus ton ennemie. Je ne suis pas Domingo. Tu n'as pas besoin de me combattre.

Mes muscles se raidirent.

— Je ne pense pas cela...

— En es-tu sûr ? insista-t-elle. N'est-ce pas lui que tu vois en moi en ce moment ? Lui, essayant de te faire céder par la force ?

— Non ! Bien sûr que non !

Un nerf tressauta sur ma joue.

— Non, répétai-je plus posément.

Les yeux d'Olivia ne quittaient pas les miens.

— Je ne cherche pas à te donner tort. Ce n'est pas mon but, assura-t-elle. Mais tu dis vouloir que je te fasse confiance... Comment le pourrais-je tant que tu me retiens prisonnière ici ?

15.

Olivia

Val brillait de colère contenue. Son sourire s'était évanoui, et le naturel charmeur avait cédé la place à une attitude défensive. Malgré cela, il restait à tomber. Son jean et son T-shirt foncés rehaussaient son teint olivâtre et faisaient paraître ses cheveux plus sombres encore. Le parfum familier de son après-rasage chavirait mes sens…

Il m'avait tellement manqué, ces deux derniers jours ! C'était viscéral. Son absence laissait un vide en moi que rien ne comblait.

J'étais venue le voir résolue à obtenir des réponses. Je n'allais pas attendre indéfiniment qu'il se décide à arrêter de faire la tête ! Et voilà qu'il me coupait l'herbe sous le pied en me demandant quoi faire pour avoir ma confiance. J'avais cru à une nouvelle tactique de sa part, mais non. Il était sincère. Je le lisais dans ses yeux. Et dans ma réponse s'étaient déversées toute ma colère et ma frustration après deux jours entiers à ruminer. Je lui en voulais d'être parti comme il l'avait fait. J'étais absolument furieuse ! Après la persistance dont il avait fait preuve, j'avais été prête à accepter son offre. Prête à sauter le pas… et lui non. Depuis deux jours, j'essayais de comprendre sa réaction à mon désir de FIV. Pourquoi le prendre aussi mal ? Cela n'avait aucun sens !

— Pourquoi parlons-nous de cela ? demandai-je face à son silence. À l'évidence, tu n'as pas aimé ma réponse. Alors quelle importance, que je te fasse confiance ou non ?

Je vis ses poings se serrer.

— Parce que… je veux ton amour, Olivia. Je te l'ai dit. Je veux retrouver ce que nous avions avant.

Je demeurai sans voix. Je ne comprenais pas… Pourquoi une amourette d'adolescents serait-elle si importante pour lui ? D'où venait cette intensité émanant de chacun de ses pores ? Puis le jour se fit dans mon esprit. Lui et Constantin avaient été maltraités par leur propre père. Ils n'avaient jamais reçu la moindre marque d'affection, la moindre attention bienveillante. C'était ce manque qui avait rendu Constantin si distant et Val, si manipulateur. L'un et l'autre se protégeaient de la seule façon qu'ils connaissaient, eux qui n'avaient jamais connu l'amour. C'était cela que Val voulait : être aimé. Il cherchait désespérément à recréer l'unique moment dans sa vie où il l'avait été…

Par moi.

Une vague de compassion me submergea. J'en avais les larmes aux yeux. Son enfance avait laissé en lui de profondes séquelles. Je le voyais, à présent. Elles s'étaient enracinées dans son cœur jusqu'à pervertir sa façon de penser. Ces quinze dernières années avaient fait de lui un homme dangereux. Mais à l'intérieur se cachait toujours le petit garçon d'autrefois.

Celui qui collectionnait les jolis coquillages et les morceaux de bois flotté.

Et qui rêvait d'être aimé.

Mon cœur saigna pour ce petit garçon, mais aussi pour l'homme qu'il était devenu.

— C'est impossible, murmurai-je avec tristesse. Nous n'aurons plus jamais cela. Nous étions des enfants et nous aimions comme des enfants.

Valentin me regardait, hagard, comme si j'étais sa dernière planche de salut.

— Alors tu peux t'en aller, dit-il d'une voix grave. L'avion est à ta disposition. Mon pilote t'emmènera où bon te semble.

Je chancelai, prise de court.

— Quoi ? Tu es sérieux ?

— Oui.

— Et Constantin ? Tu es d'accord pour que je l'épouse ?

— Oui.

Mon cœur tambourinait. Je scrutai son visage, en quête d'un signe qu'il s'agissait d'un autre stratagème. Une autre façon de parvenir à ses fins. Je ne décelai qu'une détermination résignée.

Il le pensait. Il me laissait partir.

Un étau m'enserra la poitrine.

— Pourquoi ? balbutiai-je. Après le mal que tu t'es donné pour m'amener ici ?

Les jointures de ses poings blanchirent.

— Je n'ai aucune envie que tu t'en ailles. C'est même la dernière chose que je souhaite. Mais si c'est le seul moyen d'avoir ta confiance… alors pars.

Sa pomme d'Adam fit un aller-retour dans sa gorge.

— Dans quelque temps, peut-être t'enverrai-je un mail pour t'inviter à prendre un café ?

Une puissante émotion m'assaillit. Je tremblais sans savoir pourquoi.

— Val…

— Tu n'es pas un jouet pour moi, Olivia. Tu ne l'as jamais été. C'est vrai que j'avais envie de retrouver l'adolescente d'autrefois. Mais c'est la femme d'aujourd'hui que je veux dans ma vie.

C'était la vérité, je le savais. D'ailleurs, il ne me l'avait jamais caché. Ses motivations et sa façon de faire laissaient à désirer. Mais ses sentiments, eux, étaient sincères.

— Et si je n'avais pas envie de partir ? demandai-je. Si je restais ?

Il répondit sans hésiter :

— Alors nous dînerions ensemble chaque soir, histoire de nous redécouvrir. Tu pourrais aussi te baigner, bouquiner et te relaxer au soleil. Et lorsque tu serais prête, nous discuterions de l'avenir, à deux ou non.

Je tremblais toujours. Il m'avait donné quelque chose. Un morceau de lui. À mon tour d'en faire autant.

— Ma mère était une épouse trophée, me lançai-je. Mon père voulait un fils, qu'elle n'a pas pu lui donner. Il se comportait mal avec elle. Non seulement il lui manquait de respect, mais il se montrait même cruel. Et elle… elle encaissait sans broncher. Je ne comprendrai jamais pourquoi elle est restée. Moi, j'aurais claqué la porte. Jamais je n'accepterai d'être traitée ainsi.

Je levai le menton.

— Moi aussi, il me rabaissait. Jusqu'à ce que je lui fasse comprendre que j'étais la seule héritière de Wintergreen. Pour qu'il me respecte, j'ai appris à devenir une femme forte.

— Et c'est cette force que je t'ai volée, intervint Val avec une lucidité inattendue.

Il contourna son bureau, mais se contenta de s'appuyer contre le meuble sans chercher à m'approcher.

— Je ne t'ai laissé aucun choix. Je t'ai faite prisonnière pour mieux utiliser tes émotions contre toi…

Le remords altéra ses traits.

— T'ai-je fait douter de toi, moi aussi ?

Alors il l'avait senti. C'est vrai, je n'avais cessé de me remettre en question. Comment avais-je pu le laisser me mettre dans une telle position ? Pourquoi n'avais-je pas davantage résisté ? L'avais-je vraiment défié autant que je l'aurais dû ? Je m'étais sentie… faible. Impuissante.

Mon silence devait être éloquent car il jura en espagnol.

— Tu n'y es pour rien, dit-il d'une voix bourrue. C'est ma faute.

— Je t'ai laissé faire…

— En quoi ? Tu m'as giflé et poussé à l'eau. Tu t'es défendue bec et ongles contre moi. La moindre concession, j'ai dû me battre pour te l'arracher.

— Mais j'allais laisser Constantin régler mes dettes et reprendre la direction de Wintergreen.

Val fit un pas vers moi.

— C'est Constantin qui est venu te trouver, rappela-t-il avec fermeté. Tu as accepté ses termes car tu voulais sauver ton entreprise. Tu souhaites aussi des enfants, alors pourquoi ne pas faire d'une pierre deux coups ? Ce n'est pas de la faiblesse. Tu as fait au mieux face aux difficultés laissées par ton père. C'est lui, le seul responsable.

Ces mots semèrent un autre doute en moi. Et si les dettes de mon père étaient délibérées ? Un ultime pied de nez à la fille qu'il n'avait jamais vraiment respectée ?

— Val, murmurai-je, vulnérable tout à coup.

— Ton père est un idiot de ne pas avoir compris la chance qu'il avait de t'avoir, décréta Val avec conviction. Tu es forte et courageuse. Ta passion n'a d'égale que ton ambition. Tu es la personne la plus intelligente que je connaisse. Mais tu n'es pas un diamant, Olivia. Tu es une étoile. Et les étoiles brûlent au firmament.

Je plongeai les yeux dans les siens. Il était une étoile, lui aussi. Un soleil bouillonnant de rage et d'amour, de tourments et d'espoir en l'avenir. Un homme complexe, tiraillé, capable de prendre, mais aussi de donner. Il avait tant à offrir et n'attendait que cela. Alors pourquoi ne pas lui accorder une chance ?

— Que désires-tu, Val ? demandai-je, en sachant déjà que je ne partirais pas.

Pas après cela.

Son regard étincela.

— Toi. Juste toi.

— Alors je reste. Nous ferons tout ce que tu as proposé… à une condition.

— Tout ce que tu veux.

Le désir sans fard sur ses traits reflétait le mien. Mon souffle se raccourcit.

— Je ne vois aucune raison de faire la grève du sexe. Alors j'aimerais… te rendre la faveur.

Il n'y avait ni triomphe ni jubilation dans ses yeux. Juste de la surprise. Et un désir accru.

— Parce que tu en as envie ? Ou parce que tu te sens obligée ?

Il voulait que je lui fasse confiance. Mais la confiance allait dans les deux sens. C'est ce qui me fit combler la distance entre nous. Je lui effleurai la mâchoire, rugueuse sous mes doigts. Cette barbe de trois jours le rendait encore plus sexy.

— Parce que j'en ai envie, murmurai-je. Tu es spécial pour moi.

Un aveu risqué, mais je ne pouvais plus me taire. C'était la vérité, même après tout ce qu'il avait fait.

Il me dévisagea un moment, avant d'attirer ma main vers ses lèvres et d'en embrasser chaque doigt.

— Un gentleman ne contredit jamais une dame, n'est-ce pas ? dit-il avec une ombre de sourire.

— En effet, approuvai-je du tac au tac. Cela ne se fait pas.

Il se détendit perceptiblement.

— Surprends-moi, mon étoile.

Inutile de me le répéter deux fois. Les mains moites, j'enlevai ma robe. Je ne portais rien en dessous, ayant secrètement espéré que notre entrevue se conclue de cette façon. Le regard de Val s'embrasa. Ses yeux allaient et venaient sur mon corps nu, s'attardant sur ses endroits préférés, semant de délicieux frissons dans leur sillon.

— Alors ? Surpris ?

Il releva la tête.

— Par ta perfection ? Pas le moins du monde. Tu es sublime, Olivia Wintergreen.

Je frémis de désir, sans rien faire pour le cacher. Je voulais qu'il voie combien j'avais envie de lui. Qu'il voie le feu qui me dévorait. J'étais une étoile, et je voulais qu'il me regarde brûler pour lui.

Je me rapprochai jusqu'à n'être plus qu'à quelques centimètres de lui.

— Ne bouge pas, intimai-je.

Il obéit et resta immobile. Je plaquai la main sur le relief tendant la braguette de son jean. Le souffle de Val se raccourcit. Sa tension était revenue, mais elle était différente, entièrement provoquée par mes caresses. Ses pupilles se dilatèrent, mais il ne bougea toujours pas. Il me donnait sa confiance en faisant ce que je lui disais. J'en conçus une intense émotion. Son père l'avait contrôlé et maltraité. Il l'avait privé de toute compagnie en dehors de celle de son frère. Un frère que Val avait tenté de protéger et qui l'avait trahi. Val était resté prisonnier six mois dans un sous-sol sans fenêtre. Et, quand il avait enfin réussi à s'évader, il avait dû feindre sa mort pour échapper une bonne fois pour toutes à son père. Ces blessures avaient laissé de profondes cicatrices en lui. Mais il était aussi la perfection faite homme, et je voulais qu'il le sache.

Je traçai ses contours à travers le jean d'un geste caressant. Je voulais lui donner autant de plaisir qu'il m'en avait donné. Puis un à un, je défis les boutons de sa braguette. Il me laissait faire, dans un silence seulement troublé par sa respiration de plus en plus hachée. Je m'aventurais en terrain inconnu. Je n'avais jamais fait cela avant. Mais cela n'avait pas d'importance. Val y prenait du plaisir et le montrait ouvertement. C'était tout ce que j'avais besoin de savoir.

Je baissai son jean et enroulai ma main autour de son sexe. Sa chair palpitait entre mes doigts, dure comme le roc. D'instinct, je m'agenouillai et fis courir ma langue sur toute sa longueur, récompensée par un son rauque. Enhardie, je le pris dans ma bouche, me familiarisant peu à peu avec la sensation. Les grognements appréciateurs de Val étaient autant d'encouragements. Ses doigts plongèrent dans mes cheveux, sans les tirer ni chercher à diriger mes mouvements. Ils se contentaient de me masser doucement en glissant entre les mèches.

Je levai les yeux. Je voulais le regarder pendant que je l'explorais. Me laisser guider par ses expressions. Là encore, il resta immobile, offert à mon regard. Il ne me cachait pas l'effet que je lui faisais.

— Mmh, Livvy… Tu es divine.

Son timbre enroué m'excita. Je voulais lui donner plus. Plus de plaisir. Plus vite. Plus profond. C'est ce que je fis. Les yeux dans les yeux, nous nous abandonnâmes à la passion, emportés dans le plus érotique des tourbillons. Il cria mon nom et agrippa mes cheveux. Je n'avais pas mal. J'aimais cela, au contraire. Le satisfaire de cette façon avait aiguisé mon propre désir, mais je n'attendais aucune contrepartie.

Val, cependant, avait son idée en tête. Il m'aida à me relever, échangea nos positions et me hissa sur son bureau. Ses mains redécouvrirent mon corps tandis que sa bouche ravageait la mienne. Je tremblais, enfiévrée par ses caresses.

— Tu n'es pas obligé, soufflai-je contre ses lèvres. Tu ne me dois rien.

— J'en ai envie, susurra-t-il en m'embrassant.

Par chance, il avait justement des préservatifs dans un tiroir de son bureau. Quelques secondes plus tard, son corps s'unissait au mien. Avec un soupir de contentement, je nouai les bras autour de son cou et mes jambes autour de ses hanches. Nous nous étreignîmes sauvagement, et ses va-et-vient impérieux ne tardèrent pas à me faire basculer dans l'abîme.

— Val, gémis-je, secouée de spasmes. Oh ! Val…

Je répétais son nom, comme une prière ou une supplique, ou peut-être pour le simple plaisir de le prononcer. Je l'ignorais. Tout ce que je savais était que quelque chose de décisif venait de se produire. Mes barrières personnelles étaient tombées, et les deux moitiés de moi ne faisaient plus qu'une. Avec Val, j'étais enfin complète.

16.

Valentin

Nous nous accordâmes une semaine.

Une semaine de dîners intimes sur la jetée et d'après-midi de farniente au soleil, entrecoupés de baignades pour nous rafraîchir. J'organisai des sorties en mer sur mon yacht afin de visiter les îles alentour. L'occasion de pique-niques complices sur des plages paradisiaques de sable blanc.

Mais surtout, nous prîmes le temps d'échanger sur ce qu'avait été notre vie ces quinze dernières années. Je m'ouvris à Olivia sur les périodes les plus sombres de mon passé. De son côté, elle se confia sur l'hostilité du conseil à son égard et sa crainte de ne jamais être acceptée à la tête de Wintergreen.

Oh ! il y eut bien quelques accrocs. Nous nous querellâmes lorsque je proposai d'arrêter le sexe. Notre alchimie était si intense que je craignais de ne pas savoir m'empêcher d'en profiter. Ce à quoi elle rétorqua qu'elle m'autorisait volontiers à m'en servir contre elle, tant qu'elle aussi pouvait en faire autant. Naturellement, cette dispute se régla dans mon lit. Et, pour bien enfoncer le clou, elle m'y rejoignit toutes les nuits suivantes, que nous passâmes à nous explorer l'un l'autre de toutes les façons possibles.

À mesure que les jours défilaient, une sensation inconnue grandissait en moi, impossible à mettre en mots. Un matin, Olivia sortit de l'eau après s'être baignée, nue et ruisselante, sa peau dorée par le soleil. Elle m'adressa un sourire radieux comme si j'étais la meilleure chose qui lui soit jamais arrivée. C'est là que je compris… J'étais heureux. Pour la première fois de ma vie, je goûtais au bonheur.

Un bonheur qui n'éclipsait cependant pas le reste. Olivia essaya de contacter Constantin, sans succès. Il demeurait injoignable. Mes propres tentatives ne furent pas plus fructueuses. C'était frustrant, d'autant plus que la situation concernant Silver Inc. restait elle aussi au point mort. Le testament était clair : j'étais l'aîné, la société me revenait de droit. Constantin n'aurait pas dû être un obstacle. Pourtant, ses avocats s'obstinaient à me mettre des bâtons dans les roues. Certes, mon faux décès posait quelques problèmes juridiques. Mais j'étais déterminé. Constantin *devait* être écarté, pour son propre bien et celui des employés.

Puisqu'il ne répondait pas au téléphone et que personne ne semblait savoir où il était, je me résolus à laisser un message vocal l'informant de la rupture de ses fiançailles. Olivia et moi en avions discuté. Nous n'en étions pas encore au mariage. Mais pour elle, rester fiancée à Constantin n'avait plus de sens. Nous avions également réfléchi à d'autres moyens de régler ses dettes qui n'impliquent pas, pour elle, de passer la main. Je lui avais offert mon soutien financier, sans contrepartie. Rien ne l'obligeait à accepter, bien qu'une part de moi cherchât toujours à l'influencer. J'apprenais à faire des compromis. Mais il me restait encore un long chemin à parcourir dans ce domaine.

Une semaine s'était écoulée. Je supervisais un déchargement de mon hydravion quand mon portable vibra. J'interrompis ma tâche, sortis mon téléphone de ma poche et décrochai mécaniquement sans regarder l'écran.

— Valentin, articula une voix froide.

L'adrénaline fusa dans mes veines.

Constantin.

— Conny, dis-je avec une fausse désinvolture. Fini de faire le mort ?

— Tu peux parler.

— Je croyais que tu m'avais oublié. Pas un mot sur ma résurrection dans les médias. Je reconnais bien là ton efficacité.

À ce propos, tes avocats n'ont aucune chance contre moi. Mon dossier est sans faille.

Silence au bout de la ligne. Je me surpris à tendre l'oreille. Il n'avait pas toujours été ainsi. Il était aussi loquace que moi, enfant. Quand les choses allaient mal, nous nous racontions des histoires et inventions des moyens d'échapper à Domingo. Nous rêvions tout haut de ce que nous deviendrions plus tard, quand nous serions enfin libres. Pirates ou soldats. Ou cow-boys en Amérique.

— Silver Incorporated est à moi, asséna-t-il du même ton tranchant dont usait Domingo autrefois.

Il ne méritait pas cela. Tu n'as pas su le sauver.

La culpabilité me tordit les entrailles. Oui, j'avais échoué à le protéger. Mais je n'avais pas dit mon dernier mot.

— Tu connais mes raisons. J'agis dans l'intérêt de la société et de ses employés, répliquai-je durement.

Il m'ignora.

— Si tu veux Olivia, elle est à toi.

— Pardon ?

Je peinai à dissimuler ma stupeur. Il avait dit cela avec le plus parfait détachement, comme si Olivia ne signifiait rien pour lui.

— Tu me cèdes ta fiancée comme cela, sans même te battre ?

— Il ne s'agit pas d'Olivia. Il n'a jamais été question d'elle.

J'eus l'impression de recevoir un uppercut en pleine figure.

— Quoi ?

— Ce n'était pas elle que je voulais, continua-t-il, laconique. C'était mon frère. Mais il a fait un autre choix, alors j'ai dû intervenir.

J'étais abasourdi. Il me voulait, moi ? Cela n'avait aucun sens ! Il m'avait déjà. Et de quel choix parlait-il ? Le seul que j'avais jamais eu était celui que j'avais fait pour le protéger.

— Qu'est-ce que tu racontes ? m'impatientai-je. Quel choix ? Tout ce que j'ai fait à l'époque, c'était pour toi. Tu le sais bien.

— À d'autres.

La colère dans sa voix me déstabilisa. Pour la première fois, la glace se fissurait.

— Tu n'as toujours pensé qu'à toi. Tu as choisi cette guerre ridicule avec papa.

— Cette guerre ridicule ? répétai-je, incrédule. Ce type était un salaud…

— Tu n'avais qu'à obéir aux règles, et notre vie aurait été plus facile. Mais non, il a fallu que tu aggraves les choses.

Une bouffée de rage m'envahit.

— Les règles ? Je n'en avais rien à faire, des règles ! Domingo m'avait menacé de s'en prendre à Olivia si je persistais à la fréquenter. Tu l'as mise en danger !

— Je n'ai rien fait de tel, rétorqua froidement Constantin. C'est *toi* qui l'as mise en danger. C'était *ton* choix de continuer à la voir. Si tu avais vraiment voulu la protéger, tu aurais obéi à papa et l'aurais laissée tranquille.

Il avait raison. Au fond, je le savais déjà, sans me résoudre à l'accepter. C'était plus facile de me raccrocher à ma colère.

— Imbécile ! Je lui désobéissais exprès ! Je le faisais pour détourner son attention de toi !

— Exactement, siffla Constantin. Tu étais trop fier pour le laisser gagner.

Alors je me moquais de ce qui pouvait leur arriver, à lui et à Olivia ? Tout ce qui comptait pour moi était de l'emporter sur Domingo ? J'aurais tout supporté – les raclées, les abus émotionnels, les tactiques retorses pour me faire rentrer dans le rang – juste pour prouver que j'étais le plus fort ? Ridicule ! Pour qui me prenait-il ?

— Libre à toi de penser cela, grinçai-je entre mes dents. Mais je l'ai fait pour toi, Conny. J'essayais de te protéger.

— Je n'avais pas besoin de ta protection. Olivia non plus n'en aurait pas eu besoin si tu ne t'étais pas entêté.

Tu as fait de lui une victime. Exactement comme Olivia.

Je rejetai en bloc cette accusation.

— Tu le défends, maintenant ? Après tout ce qu'il nous a fait ?

Ce n'était pas censé m'atteindre. Tout cela remontait à quinze ans. Constantin n'était pas responsable, Domingo lui avait lavé le cerveau. Mais une part de moi lui gardait rancune de sa trahison. Nous n'avions que nous au monde. Nous étions censés veiller l'un sur l'autre et faire front ensemble, quoi qu'il arrive. Parce que nous étions frères. Il était mon jumeau. Mon autre moitié. Même si je savais qu'il avait été manipulé, il m'avait quand même trahi.

— Non, infirma Constantin comme si rien de tout cela ne le touchait. Je ne fais qu'énoncer les faits.

— Alors j'aurais dû le laisser te frapper jusqu'au sang ? C'est cela que…

— Je ne t'ai pas appelé pour ressasser le passé, me coupa-t-il. Si tu veux épouser Olivia, vas-y. Cela m'est égal.

Et il raccrocha.

Pendant une minute, je fulminai sur place, le téléphone à la main. Comment osait-il ? Comment *osait*-il me traiter d'égoïste ? Tout ce que j'avais fait, je l'avais accompli pour lui ! Tout ! Qu'insinuait-il ? Que j'aimais tenir tête à Domingo ? Que mes motivations étaient personnelles ? Que j'agissais purement pour ne pas lui donner la satisfaction de m'avoir fait plier ? C'était tout l'inverse !

Les coups. Les punitions. La privation systématique de tout ce qui m'apportait un peu de réconfort.

Pas d'amis. Pas d'animaux. Pas le droit de sortir. Pas le droit de grimper aux arbres ou de nager dans la piscine que personne n'utilisait. Pas le droit de jouer avec mon frère…

J'aurais enduré tout cela juste pour *gagner* ?

Ce n'était pas une compétition. C'était un combat à mort, ne le comprenait-il pas ? Je devais sans cesse assurer sa survie. Constantin avait toujours été le plus altruiste de nous deux. Le plus sensible. Quand un bourdon s'était introduit dans la maison, il avait patiemment manœuvré pour le piéger dans un verre et le libérer dehors au lieu de le tuer. Un jour, il avait été dévasté en découvrant un chaton mort dans le jardin. Une autre fois, il avait tenté, en vain, de soigner un oisillon tombé du nid.

Cette sensibilité faisait de lui une cible privilégiée. Habitué à me rebeller contre Domingo, j'étais devenu son bouclier. Je me fichais du bourdon, du chaton ou de l'oisillon. C'était triste, bien sûr, mais je n'avais pas pleuré comme Constantin. Domingo me jugeait le plus fort, et il avait raison. C'était mon devoir de protéger mon petit frère.

Hélas, j'avais échoué. À moi de réparer mes erreurs. Il était trop tard pour changer Constantin. Mais pas pour limiter son influence et les dégâts qu'il était capable de semer.

C'est plus fort que toi. Il faut que tu joues les héros.

Je jurai dans ma barbe. Non. Avec Olivia, peut-être. Pas avec Constantin. Même moi ne pouvais plus le sauver. C'était pour le bien des employés de Silver Inc. que j'agissais aujourd'hui.

Je rangeai mon portable dans ma poche. Assez pensé à mon frère. Des activités plus récréatives me venaient en tête. Et toutes impliquaient Olivia.

17.

Olivia

Passer du temps avec Val avait été une révélation. Le temps d'une semaine inoubliable, j'avais eu l'impression de retrouver notre plage secrète d'autrefois où nous étions comme seuls au monde. C'était encore plus beau aujourd'hui car nous étions adultes. Une profonde intimité nous liait, tournée vers l'avenir. Nos projets n'avaient plus rien de chimérique. Cette intimité, je la ressentais dans chacun de ses regards et de ses gestes. Dans sa façon d'entourer mon visage de ses mains avant de m'embrasser. C'était un lien fort, plus encore que ce que nous avions adolescents.

Val était aux petits soins pour moi. Cela me gênait, au début. Je me sentais infantilisée. Mais j'avais vite compris quel plaisir il y prenait. Il avait toujours été attentionné et protecteur, c'était dans sa nature. Satisfaire mes besoins le rendait heureux. Et le voir heureux me rendait heureuse aussi. Je n'étais pas sa chose ou son jouet. J'étais son trésor.

Qu'adviendrait-il après cette semaine ? Je l'ignorais. Ma seule certitude était que je n'épouserais pas Constantin. Au fond, je n'avais jamais souhaité ce mariage, même pour sauver Wintergreen. Val m'avait proposé un prêt afin d'essuyer les dettes de l'entreprise. Du Val tout craché. Bien que touchée par son offre, j'avais décliné. Je voulais m'en sortir par moi-même. Trouver une solution qui ne dépende pas de l'aide d'un homme.

J'avais bien tenté de contacter Constantin pour lui annoncer notre rupture. Il n'avait répondu à aucun de mes textos, ni à mes messages sur sa boîte vocale. Ce silence m'inquiétait. J'avais beau ne pas être amoureuse de lui, nous avions quand même été fiancés pendant trois mois. Il s'était évanoui dans la nature, et pas un mot là-dessus dans les médias ! Personne d'autre ne semblait s'en préoccuper. Les actions de Silver Inc. se portaient comme un charme. Tout indiquait qu'il continuait à diriger la société… Mais pour combien de temps encore ?

Val n'avait plus évoqué son projet d'évincer son frère. Le connaissant, je savais qu'il n'y avait pas renoncé. J'étais contre et le lui avais fait savoir. Les raisons de son entêtement m'échappaient. Une sérieuse discussion à ce sujet s'imposait. Mais j'avais d'autres préoccupations en tête.

Depuis quelques jours, je m'interrogeais en profondeur sur la provenance des diamants vendus par Wintergreen. Je défendais l'idée d'une extraction éthique et responsable. Un aspect dont mon père ne s'était guère soucié. Une enquête plus poussée avait révélé chez le conseil une tendance à regarder ailleurs concernant l'origine des pierres. D'autres décisions m'apparaissaient suspectes. Des décisions liées aux malversations financières de mon père. C'était tout bonnement inacceptable.

Et si le moment était venu de donner un bon coup de balai ? Parfois, mieux valait faire table rase du passé. Le conseil n'était qu'un vestige décrépi d'un système ayant atteint ses limites. J'avais toujours imité mon père pour prouver que je pouvais faire mieux que lui. Pourquoi ne pas changer d'approche ? Pourquoi ne pas faire les choses à *ma* manière, sans plus m'inquiéter d'être une femme et de paraître « faible » ?

Garantir le bien-être des employés et fournisseurs de Wintergreen était une question de décence, pas de sexe. Quelle importance si une poignée de vieillards rechignaient à dépenser un peu plus pour faire cesser toute exploitation non éthique ? Cela ne m'empêcherait pas d'agir. L'entreprise familiale me passionnait. Trop longtemps, j'avais muselé cette passion de peur d'être mal vue par le conseil. Mais Val avait raison. La passion avait sa place en affaires. Les femmes aussi. Le conseil n'avait qu'à bien se tenir.

J'avais hâte de partager mes idées avec lui. Justement, l'hydravion venait de redécoller après le déchargement du ravitaillement de provisions. Le personnel s'affairait à transporter les caisses de la jetée à la villa. Val, lui, se dirigeait vers la maison à grandes enjambées.

Je sauvegardai le document sur lequel je travaillais et me levai, juste au moment où il arrivait sur la terrasse. Les manches de sa chemise blanche étaient retroussées sur ses avant-bras musclés. Dieu ce qu'il était séduisant en style décontracté ! Il franchit la porte-fenêtre, alors que la colère et la frustration émanaient de lui. L'appréhension me gagna. Je m'approchai et posai une main sur son torse.

— Que se passe-t-il ?

— Constantin n'a pas disparu, tout compte fait. Il vient de m'appeler, m'apprit-il, la mâchoire crispée.

Je me raidis aussitôt.

— Ah ? Et qu'a-t-il dit ?

Les mains de Val me ceignirent la taille, et il m'attira brusquement à lui.

— Déshabille-toi, Livvy.

Val était un homme intensément physique, avais-je découvert. Il utilisait le sexe ou le sport comme exutoire aux émotions qu'il ne savait comment affronter. Mais je doutais que cela fonctionne, cette fois. Parce qu'il était question de son frère, et qu'il y avait plus que de la colère, je le sentais.

— Non. Tu es bouleversé. Explique-moi ce qui se passe, contrai-je calmement.

Quoi qu'il ait dit, Constantin avait touché une corde sensible. Val serra les dents. Il ne pouvait le nier, même si c'était son réflexe premier. Il me lâcha et s'éloigna vers la fenêtre. Après un long silence, il me fit face de nouveau en passant une main agitée dans ses cheveux.

— Il m'a dit que je pouvais t'avoir si je le voulais, mais qu'il se battrait pour garder la société.

Alors Constantin me laissait partir ? Tant mieux. Ni lui ni moi ne désirions vraiment ce mariage. Cela n'expliquait pas pourquoi Val se mettait dans un tel état.

— D'accord, dis-je d'un ton posé. Ce n'est pas une surprise, n'est-ce pas ? Tu devais te douter qu'il contre-attaquerait.

— Tu ne comprends pas, s'emporta-t-il. Il m'accuse, *moi* ! Il me rend responsable de tout !

Ma confusion redoubla.

— Responsable de quoi, au juste ? questionnai-je avec prudence.

Il se mit à arpenter la pièce, à cran comme je ne l'avais jamais vu. Je détestais me sentir aussi impuissante, prête à tout pour l'aider sans savoir comment.

— Parle-moi, Val.

— Il n'y a rien à dire. Toute ma vie, je l'ai protégé. Il était trop sensible. Cela faisait de lui une cible facile pour Domingo. Moi, j'avais un mental plus solide. Tout ce que j'ai fait, c'était pour qu'il n'arrive aucun mal à Constantin.

Plus il parlait, plus son accent espagnol remontait à la surface.

— Ce n'était pas les coups, le pire. C'était l'isolement, continua-t-il, le regard hanté. Dès que nous prenions du plaisir à quelque chose, il nous l'enlevait. Nous n'avions pas le droit de courir dehors ou de nous baigner dans la piscine. Interdiction d'avoir des amis, ou même un chat ou un chien. Constantin possédait un petit soldat en plastique que lui avait offert la gouvernante. Il l'adorait et jouait tout le temps avec. Je l'avais prévenu de ne pas s'attacher. Il ne m'a pas écouté. Un jour, Domingo l'a surpris avec le jouet et lui a ordonné de le jeter au feu.

Il eut un sourire amer.

— Constantin était inconsolable. Je ne l'ai pas supporté. Je lui ai arraché le soldat des mains et j'ai couru dehors le lancer sur le toit, hors d'atteinte de Domingo. Il m'a battu jusqu'au sang ce soir-là. Mais le soldat lui est sorti de la tête. C'est là que j'ai compris ce que je devais faire… Me rebeller pour qu'il laisse Constantin tranquille.

Val avait déjà évoqué son enfance au cours de la semaine.

Mais sans entrer dans les détails. Il avait tu l'histoire du soldat et la vulnérabilité de Constantin. J'avais vu juste : ses cicatrices étaient profondes. Il se remit à faire les cent pas, en proie à une telle rage que je n'osai pas m'approcher pour le réconforter.

— Cela a fonctionné, remarquai-je. Tu lui as épargné le pire.

— Non, réfuta-t-il. J'ai failli à mon devoir. Conny dit que c'est moi qui ai aggravé les choses. Que Domingo n'aurait pas été aussi cruel si j'avais obéi à ses règles.

Il jura en espagnol.

— Qu'étais-je censé faire, m'aplatir ? Tout supporter en silence comme ma mère ?

Il s'immobilisa devant la porte-fenêtre, le regard perdu vers l'océan.

— C'est lui qui l'a tuée, j'en suis convaincu. Elle est partie se promener dans les montagnes et n'est jamais revenue. Plus tard, son corps a été retrouvé au pied d'une falaise. Elle serait tombée… Je ne crois pas une minute à la théorie de l'accident.

Horreur et tristesse se disputaient en moi. C'était si tragique. J'éprouvais une compassion sans borne pour ces deux petits garçons qui avaient perdu la seule personne susceptible de les protéger. J'hésitai à le prendre dans mes bras. Accepterait-il un tel geste ? Pas sûr. Il me tournait le dos, de sorte que je ne pouvais lire son expression.

— Elle vivait dans la peur et faisait tout ce qu'il disait. Elle affirmait que tout irait bien pour Conny et moi si nous obéissions. Mais cela ne l'a pas sauvée, elle.

Lorsqu'il tourna la tête vers moi, les ténèbres dans ses yeux me transpercèrent le cœur.

— C'est moi qui ai protégé Constantin. Moi et moi seul. Tu veux savoir pourquoi je sais qu'il est devenu comme Domingo ? Parce qu'il lui a parlé de nos rendez-vous en cachette sur la plage. Il t'a mise en danger sans aucun remords.

Il ne me disait pas tout, c'était évident. Il prétendait avoir échoué avec Constantin, et je comprenais ce qui lui faisait dire cela. Mais j'étais là, moi. J'allais bien. Rien ne m'était arrivé. Et puis, tout cela remontait à quinze ans. Val n'était pas du genre rancunier. Il ne serait pas aussi furieux simplement parce que son frère nous avait dénoncés autrefois. Non, il y avait une autre chose, plus profondément enfouie. Quelque chose qui le rongeait. Mais quoi ?

Cette fois, je m'approchai sans hésiter.

— Val, parle-moi. Dis-moi ce qui te met vraiment en colère.

— Je voulais le sauver. Je me laissais punir pour qu'il soit épargné, reprit Val. Cela n'a pas suffi. Je l'ai su à la seconde où il a tout rapporté à Domingo. Il ne m'aurait jamais trahi si cette ordure n'avait pas trouvé un moyen de l'atteindre.

Il déglutit.

— J'étais prêt à ce qu'il m'en veuille de l'avoir abandonné. Mais pas à ce qu'il m'accuse d'avoir agi uniquement pour l'emporter sur Domingo.

Alors c'était cela… Ce doute dans sa voix. Il n'était pas en colère contre son frère parce que celui-ci se trompait, mais parce qu'il se pouvait qu'il y ait un noyau de vérité dans ce que Constantin lui reprochait.

— J'ignore ce que ressent Constantin, dis-je en choisissant mes mots avec précaution. Il ne parlait jamais de toi ou de Domingo, ni de son enfance. Mais pourquoi insistes-tu autant pour récupérer la société ? Que comptes-tu en faire ? Domingo est mort. Tu n'as plus besoin de protéger Constantin. Qu'essaies-tu de prouver ?

Son regard flamboya.

— Alors tu es d'accord avec lui ? Toi aussi, tu penses que c'était juste une compétition ?

— Non. Ne me fais pas dire ce que je n'ai pas dit.

Je connaissais son mécanisme de défense. Garder mon calme était la meilleure approche.

— Je ne suis pas ton ennemie, tu le sais. J'essaie seulement de comprendre. Contre qui es-tu en colère, Domingo ou Constantin ? As-tu peur que ton frère puisse avoir raison à ton sujet ?

Val m'agrippa le bras, sans me faire mal, mais avec assez de force pour que je sursaute. L'amertume crispait ses traits.

— Oui, peut-être qu'il a raison. Peut-être voulais-je seulement prouver à mon *père*…

Il cracha ce mot comme s'il était empoisonné.

— … que j'étais bien tel qu'il me voyait. Que j'étais le plus fort. Que je pouvais tout encaisser et méritais son respect.

Un rictus tordit ses lèvres.

— Peut-être n'ai-je jamais vraiment voulu protéger Constantin. Qui sait si je ne courais pas simplement après l'affection d'un monstre ?

Le tourment dans ses yeux me bouleversait. Il était terrifié. Terrifié à l'idée que tout soit vrai. Il avait voulu qu'on le remarque. Qu'on s'intéresse à lui. Il avait voulu être aimé. Et la seule personne à même de lui donner cela était son père. Un père psychopathe.

Mais j'étais là, maintenant. Moi aussi, je pouvais lui donner ce à quoi il aspirait.

Un déclic se fit en moi. Le diamant réputé indestructible vola en éclats, libérant le cœur incandescent de l'étoile. La vérité nue derrière la passion, trop longtemps refoulée. Elle était là, depuis le début. Au fond, je l'avais compris à la seconde où Val avait resurgi dans ma vie à Madrid…

Je l'aimais. Je l'avais toujours aimé. Je l'aimais adolescente et je ne cesserais jamais de l'aimer. Il avait besoin de mon amour. De *moi*. C'était aussi simple que cela. Alors je pris son visage entre mes mains et pressai ma bouche sur la sienne.

18.

Valentin

Les lèvres d'Olivia étaient un baume de douceur sur mes plaies à vif. Le remède à la fureur qui me dévorait vivant. Je restai immobile, savourant la sensation. Nous avions échangé d'innombrables baisers cette semaine. Des baisers torrides et affamés. Celui-ci était différent. Elle n'ouvrait pas les lèvres, ni ne se plaquait contre moi. C'était un baiser chaste, tendre, qui n'exigeait rien en retour. Comme si ce simple contact suffisait à la combler. Comme si elle n'avait pas besoin de plus…

Moi, si. Je m'échauffais, saturé d'émotions indésirables. Le feu en moi avait besoin d'être canalisé, et quel meilleur exutoire que le sexe ?

Je ne voulais pas de cette colère. Je ne voulais pas qu'Olivia me regarde comme si elle comprenait ce que je ressentais. Elle n'en avait aucune idée. Elle n'avait jamais eu affaire à Domingo. Elle ignorait ce que c'était de mendier l'attention d'un monstre. D'aimer se mesurer à lui. Lui tenir tête. Lire le respect dans ses yeux. Savoir qu'on se mentait à soi-même en prétendant protéger son frère, en se posant en héros, alors que tout ce qu'on cherchait était l'approbation de son père, à n'importe quel prix.

Rien n'avait changé. Je n'avais aucun remords à avoir kidnappé Olivia. Et j'allais reprendre la société des mains de Constantin, comme je lui avais pris son petit soldat. Qui protégeais-je ? Personne ! Je n'étais pas le héros de l'histoire. J'en étais l'antagoniste.

J'empoignai Olivia et forçai le passage entre ses lèvres. Je m'oublierais dans sa douceur et ses baisers de miel. Tout était bon pour noyer ces doutes qui me torturaient. Parce que j'avais peur. Peur d'avoir réellement fait du tort à Constantin en me rebellant sans arrêt. Mon choix de désobéir à Domingo n'avait-il pas mis Olivia en danger ? Et si c'était l'une de mes actions qui avait précipité la mort de ma mère ?

Et alors ? Quand t'es-tu jamais soucié de nuire aux autres ? Tu ne penses qu'à toi.

Olivia. J'avais besoin d'Olivia et du plaisir d'être en elle pour bâillonner cette voix dans ma tête. Les mains sur ses hanches, je la fis reculer vers le sofa et basculer sur les coussins. Je n'avais pas plus tôt retroussé sa robe que ses jambes m'enserraient contre sa moiteur féminine.

— Doucement, me souffla-t-elle à l'oreille. Nous avons le temps.

Moi, j'étais pressé. Pressé de me perdre en elle et de tout oublier. Je m'agenouillai entre ses cuisses et tirai sur sa robe, qui céda entre mes doigts. Elle ne portait rien en dessous. Cela faisait des jours qu'elle ne s'embarrassait plus d'un bikini. Son corps nu doré par le soleil tenait de la perfection. Mais lorsque je voulus déboutonner ma braguette, Olivia se redressa et couvrit ma main de la sienne. Il y avait du désir dans son regard. De la tendresse aussi… ou de la pitié ?

— Ne me regarde pas comme cela, grognai-je. Allonge-toi.

— Te regarder comment ?

Ses doigts s'étaient faufilés sous ma chemise et me caressaient le ventre. La flamme dans ses yeux redoubla d'intensité. L'armure de diamant avait disparu. Mais elle n'était plus non plus l'adolescente de mes souvenirs. Elle était plus que cela, forte et vulnérable, et passionnée.

Une étoile brûlant au firmament.

— Comme quelqu'un qui t'aime ?

Cet aveu me prit de court. C'était idiot. J'aurais dû y être préparé. N'était-ce pas mon but depuis le début ? La faire tomber amoureuse de moi ? Comme autrefois quand elle m'avait dit « Je t'aime » sous les étoiles, blottie dans mes bras. Je lui avais répondu que je l'aimais aussi. Personne ne m'avait jamais dit cela avant. Pas même Constantin. Sans doute parce qu'il ignorait ce qu'était l'amour. Comme moi avant de rencontrer Olivia.

J'aurais dû exulter. Alors pourquoi ma victoire sonnait-elle creux ?

Tu l'as enlevée. Tu l'as manipulée pour parvenir à tes fins. Mission accomplie. Tu as ce que tu voulais, non ?

Oui, ces mots étaient ceux que j'avais espéré entendre. Mais elle ne les prononçait que parce que je l'avais retenue prisonnière à l'écart du monde, seule avec moi. Alors que valaient-ils ? Si je lui avais envoyé un mail et donné rendez-vous dans un café comme je l'avais suggéré… Sans kidnapping, ni stratagèmes… serait-elle retombée amoureuse de moi ? M'aurait-elle donné une seconde chance ?

Dans tes rêves. Qui voudrait de quelqu'un comme toi ?

Ses yeux étaient si clairs en cet instant. Si limpides.

— Je t'aime, Val. Je n'ai jamais cessé de t'aimer.

Un froid s'insinua dans ma poitrine. Les psychopathes n'avaient pas d'empathie. Ils ne pensaient qu'à eux-mêmes. J'étais le méchant, dans cette histoire. Ce n'était pas Constantin qui était devenu Domingo, mais moi.

— Val ?

Je me dégageai et me levai du sofa. Mon cœur était un bloc de glace. Dur. Insensible. Je tournai le dos à Olivia. J'avais besoin de mettre de l'ordre dans mon esprit.

— Val…

Deux bras fins s'enroulèrent autour de moi, et une douce chaleur se répandit dans mon dos.

— Désolée. Peut-être n'aurais-je pas dû dire cela ?

Dehors, l'océan s'étendait à perte de vue, si bleu qu'il se confondait avec le ciel. C'était magnifique. Mais les ténèbres en moi souillaient tout ce que je touchais. Elles avaient toujours été là. Quoi que je fasse pour leur échapper, elles me rattraperaient toujours.

Constantin n'était pas un psychopathe.

C'était moi, le monstre.

19.

Olivia

Val avait brusquement changé de contenance. Je ne l'avais jamais vu aussi distant. Il me rappelait Constantin. Si quelqu'un avait besoin d'amour, c'était bien lui. Il voulait désespérément être aimé, et c'était ce que je lui offrais. Alors pourquoi réagissait-il comme si je l'avais poignardé ? Cela me dépassait. Je pourrais faire semblant de rien et changer de sujet. Mais j'en étais incapable. Il comptait trop pour moi.

— C'est la vérité. Je t'aime. Je ne regrette pas de te l'avoir dit.

Il se dégagea d'entre mes bras et s'éloigna de plusieurs pas.

— Tu devrais. Tu n'as aucune idée de la personne à qui tu as affaire.

Sa voix était glacée, tellement semblable à celle de Constantin. Je luttai contre l'impulsion de l'enlacer de nouveau.

— Que veux-tu dire ?

Une ombre voila son regard.

— Les psychopathes n'ont pas d'empathie. Ils se contrefichent des autres et de leurs sentiments.

— De quoi parles-tu ? Domingo est mort.

— Vraiment ?

Un sourire sinistre retroussa ses lèvres.

— Peut-être est-il toujours là ? Peut-être se tient-il juste devant toi ?

Je cillai de stupeur. Ma bouche s'assécha.

— Oh ! Val. Non, ce n'est pas…

— J'aimais me confronter à lui, tu le savais ? poursuivit-il sur le ton de la conversation. Ça me plaisait, de le défier. Cela me flattait, d'avoir son attention. Je n'étais pas comme Constantin. Je ne pleurais pas pour un chaton mort et me moquais de son oiseau blessé. Je voulais juste gagner. Comme Domingo.

— Non ! contestai-je avec véhémence.

Je devinais déjà où il voulait en venir.

— Tu n'es pas comme lui. Absolument pas.

— En es-tu sûre ? Domingo savait comment charmer et amadouer les gens. Il les manipulait pour arriver à ses fins. Il prenait ce qu'il voulait sans aucun scrupule. Cela ne te rappelle rien ?

Alors il le pensait vraiment. C'était faux ! Archi-faux ! Il avait ses défauts, bien sûr, et gardait de profondes séquelles de son enfance. Mais il n'était pas comme son père. Il n'était pas dénué d'empathie. Au contraire, il s'inquiétait pour les autres. Trop, parfois.

— Non, répétai-je. Tu n'as rien à voir avec lui.

— Tu dis cela parce que je ne t'ai fait aucun mal. Ce n'est pas une preuve, s'obstina-t-il. Domingo n'usait pas toujours de la force physique. Même Constantin et moi, il ne nous frappait pas si souvent. Il préférait utiliser nos émotions contre nous. C'était sa méthode favorite.

Son regard se planta dans le mien.

— Exactement comme je l'ai fait avec toi.

Seigneur. Comment lui faire comprendre ? Je fis un pas vers lui.

— Tu es en colère. Tu lui en veux de ce qu'il t'a fait. Cette colère ne vient pas de nulle part. Si tu ne ressentais rien du tout, je m'interrogerais, mais ce n'est pas le cas. Tu prends tout très à cœur car tu te soucies profondément des autres.

Mais il était évident qu'il ne m'écoutait pas.

— Me suis-je soucié de toi, Olivia ? Je n'ai pas hésité une seconde à te kidnapper. Et Constantin ? Je prévoyais de l'évincer de Silver Inc. Crois-tu que je me sois inquiété de ce qu'il ressentait ? Non. La vérité est que je n'ai toujours pensé qu'à moi.

Dégoût et amertume contaminaient ses mots.

— Tu avais raison, je me prenais pour un héros. Je me suis persuadé que j'agissais pour le bien de Constantin. Que je vous sauvais d'entre ses griffes, toi et les employés de Silver Inc. Et si ce n'était qu'un tissu de mensonges ? Si je prenais seulement ce que je veux, juste parce que j'en ai le pouvoir et que cela m'amuse ?

Il serra la mâchoire.

— Je ne suis pas le héros, Olivia. Je suis le méchant de l'histoire.

Mon cœur souffrait de l'entendre parler ainsi. Il y avait une telle détresse dans son regard ! Je comprenais pourquoi il pensait cela de lui-même. Dix jours plus tôt, peut-être l'aurais-je pensé aussi.

Plus maintenant. Oui, il s'était montré égoïste et manipulateur. Mais il m'avait écoutée quand je m'en étais plainte. Il m'avait présenté des excuses et avait changé d'attitude pour mériter ma confiance. Plus que tout, il m'avait aidée à surmonter mes propres démons. Grâce à lui, j'avais appris que je n'avais pas besoin d'être un diamant. Que ma passion faisait partie intégrante de qui j'étais et qu'elle était un atout, pas un frein.

— Tu te trompes, protestai-je avec force. Tu ne fais pas cela par amusement. Je crois que tu en veux à ton père et que tu essaies toujours de le faire payer.

— Mais qu'est-ce qui te dit que je ne suis pas en train d'utiliser cela contre toi ? Quoi que je fasse, comment peux-tu être sûre de ma sincérité ?

Je ne me laissai pas démonter.

— Je sais quand tu me manipules, Val. Comme maintenant, en essayant de me faire peur. Je sais aussi quand tu es sincère. Je te connais et j'ai confiance en toi.

Son visage se ferma.

— Tu ne devrais pas, mon étoile. Je ne me ferais pas confiance moi-même.

Un mauvais pressentiment me saisit.

— Val, s'il te plaît…

Mais il fit la sourde oreille.

— Pars, Olivia. Rentre à Madrid. Dis à Constantin que tu as changé d'avis et épouse-le.

Évidemment, il me repoussait. Hélas pour lui, il en fallait plus pour me décourager.

— Est-ce vraiment ce que tu veux, Val ?

Son expression se durcit.

— Tu ne peux pas rester. Je te briserais le cœur.

— Peut-être. Mais c'est mon choix, non ? Tu n'as pas à décider à ma place.

— Je n'ai rien à t'offrir, Livvy. J'ignore comment aimer.

Ma poitrine se serra. Notre semaine complice aurait dû lui prouver le contraire. À l'évidence, cela n'avait pas suffi. Il n'avait pas confiance en moi. Il ne se fiait à personne, pas même à lui-même, et s'enfermait dans une impasse. C'était un homme tourmenté, hanté par son passé. Mais son instinct avait toujours été de protéger ceux qu'il aimait. Son frère. Moi. Sa relation ambivalente avec son père n'y changeait rien. Nous comptions pour lui. L'amour qu'il nous portait était sincère.

— Alors c'est fini ? m'emportai-je, furieuse à mon tour. Après tout ce que nous avons traversé, tu abandonnes ?

Je fondis sur lui telle une tornade.

— C'est plus facile, n'est-ce pas ? De te convaincre que tu es comme Domingo plutôt que d'accepter que je puisse t'aimer et choisir de t'épouser. Eh bien, c'est le cas, Val. Tu m'as demandé ce que je voulais. Je le sais, maintenant. Toi. C'est toi que je veux.

Il secoua la tête.

— Tu ne sais pas ce que tu dis. Tes sentiments… Ils ne sont pas réels.

— Ne décide pas si mes sentiments sont réels ou non !

— Si je t'avais abordée à Madrid et invitée à boire un café, comment aurais-tu réagi ? Je vais te le dire. Tu m'aurais rejeté. La seule raison pour laquelle tu crois m'aimer est parce que je t'ai amenée ici de force.

Je scrutai ses yeux de jais, en quête d'une réponse. D'un moyen de l'atteindre. Il avait peur. Peur de prendre ce que je lui donnais. Il ne me faisait pas confiance. Et peut-être n'en serait-il jamais capable. Peut-être ne saurait-il jamais baisser la garde, trop marqué par son douloureux vécu. Alors je finirais comme ma mère, restée auprès d'un mari qui ne l'aimait pas dans l'espoir de le faire changer un jour, tout en sachant que cela n'arriverait jamais. Moi aussi, j'avais espéré que mon père finisse par me respecter. Était-ce ce qui m'attendait ? Une vie avec un homme incapable de me donner ce que je voulais vraiment ? Son cœur ?

À moins que…

Une idée germa dans mon esprit. Et si je lui apprenais comment faire ? Il ne connaissait rien à l'amour. Mais moi, si. De quoi avais-je peur ? Mon cœur n'était-il pas assez grand pour deux ? N'étais-je pas plus forte que cela ? Non, je ne finirais pas comme ma mère. Je continuerais à le défier et à lui tenir tête. Jamais je ne me laisserais marcher sur les pieds. Au fond, ce n'était pas vraiment cela qui m'effrayait.

L'amour… L'amour m'avait anéantie à quinze ans. *Plus jamais*, m'étais-je juré. Je l'avais banni de ma vie. Mais j'avais mûri, depuis. J'étais une étoile. Ma peur avait disparu, dévorée par ce feu ardent qui brûlait en moi. Un feu que rien ne pouvait éteindre. L'amour, c'était ce feu. Pas une faiblesse, mais une force.

Et il flamboyait dans mes yeux en cet instant. Je voulais que Val le voie. Qu'il le reconnaisse.

— Tu te trompes, affirmai-je. L'amour ne se force pas. Tu m'as simplement fait voir ce qui était là depuis le début. Je t'aimais il y a quinze ans et je t'aime toujours. Ne compte pas sur moi pour renoncer à toi. Cela prendra le temps qu'il faudra, mais tu seras à moi, Valentin Silvera.

Je retournai vers le sofa et ramassai ma robe en lambeaux, que je jetai nonchalamment sur mon épaule.

— Cette île est magnifique. Cela fait si longtemps que je n'avais pas pris de vacances… Je crois que je vais prolonger mon séjour d'une semaine ou deux. Si tu es d'accord, bien sûr.

Il fronça des sourcils sévères.

— Olivia…

— Quoi ? Tu voulais que je choisisse, non ? Eh bien, mon choix est fait. Je reste.

Tout sourires, je me dirigeai vers la porte-fenêtre et sortis sans attendre sa réponse.

20.

Valentin

Pourquoi restait-elle ? Je ne comprenais pas. Après tout ce que je lui avais fait… Je l'avais kidnappée et manipulée. Je m'étais servi d'elle comme je m'étais servi de mon frère, tout cela pour satisfaire mes propres besoins.

Pour me décharger de ma colère contre un homme qui était mort.

Un homme que je n'avais jamais appelé « papa », mais dont j'étais prêt à tout pour gagner l'approbation.

Je le haïssais. Tout ce temps, j'avais cru que c'était Constantin qui lui ressemblait, pas moi. J'avais tort. Sur toute la ligne.

Je ne cherchai pas à retenir Olivia. Qu'y avait-il à ajouter ? J'étais incapable de l'aimer comme elle le méritait. J'avais cru savoir ce qu'était l'amour. Là encore, je m'étais trompé.

Je m'enfermai dans mon bureau. Mais impossible de me concentrer sur mon travail. Alors j'allai me défouler à la salle de sport. Pour la première fois, je ne ressentais rien. Ni colère ni désir.

J'étais devenu mon père.

La nuit tomba d'un coup, comme toujours sous les tropiques. Quelque chose sur la plage attira mon attention. Le rougeoiement d'un feu de bois.

C'était elle, bien sûr.

Je fis de mon mieux pour l'ignorer. Sans succès. Quelques minutes plus tard, je marchais vers la plage. Je lui demanderais d'éteindre son feu et ferais demi-tour, rien de plus. Si elle refusait de partir, c'est moi qui m'en irais. Je sauterais dans le premier avion pour l'Europe. Je retrouverais mon frère et prendrais la tête de Silver Inc. Là encore, cette perspective me laissa de marbre. Je n'en éprouvais aucune satisfaction. Mon cœur n'était plus qu'une friche gelée, comme si la flamme qui le maintenait en vie s'était éteinte.

Je trouvai Olivia assise sur une couverture sur le sable. Elle portait une simple tunique de soie blanche, si transparente que son bikini se voyait à travers, et ses longs cheveux blonds tombaient sur ses épaules. Son visage s'illumina lorsqu'elle me vit.

Comme le mien quand je l'avais vue pour la première fois quinze ans plus tôt.

— Val ! Viens t'asseoir, lança-t-elle en tapotant la couverture à côté d'elle.

Elle saisit un paquet de quelque chose et l'agita avec entrain.

— J'ai des Chamallows.

Une profonde nostalgie m'assaillit. Elle avait dû les dénicher dans la cuisine. C'était pour cela que je les avais achetés. Pour les faire griller sur la plage comme autrefois.

— Tu ferais mieux d'éteindre ce feu, Olivia.

— Pourquoi ? Il n'y a aucun risque.

Elle s'empara d'un bâtonnet pointu.

— Allez, viens t'asseoir. Tu sais que je ne grille pas les Chamallows aussi bien que toi.

C'était vrai. C'était moi le meilleur à cela. Une sensation douloureuse se répandit dans ma poitrine. Je préférais encore quand mon cœur était gelé. Mais n'était-ce pas la solution de facilité ? C'était plus simple de ne rien ressentir. On ne pouvait pas non plus être en colère quand on ne se souciait de rien ni de personne.

« Si tu ne ressentais rien du tout, je m'interrogerais, mais ce n'est pas le cas. Tu prends tout très à cœur car tu te soucies profondément des autres. »

C'était ses mots. Elle avait dit cela avec une telle conviction, comme si elle décelait quelque chose en moi qui n'existait pas.

Et j'aurais tant voulu être ce qu'elle voyait. Alors je me serais assis près d'elle pour lui griller les meilleurs Chamallows et la regarder les savourer. J'aurais senti ses cuisses nues contre les miennes pendant que nous nous serions raconté des histoires qui nous feraient rire. Je voulais la voir en robe de mariée et faire d'elle ma femme. Je souhaitais passer le reste de ma vie à ses côtés.

Mais comment le pourrais-je ? Quel droit avais-je de l'enchaîner à un homme comme moi ? Un homme qui s'était menti à lui-même, indigne de confiance. Un homme qui ignorait le sens du mot « aimer ». Non, ce serait l'enfermer dans le même mariage stérile que ses parents. Elle méritait mieux que cela. Elle était une étoile incandescente…

Et moi, un désert de cendres.

Je tournais les talons quand sa voix m'arrêta net.

— Reste. S'il te plaît, ne pars pas.

Ces mots… C'était ceux que j'avais prononcés lors de notre première rencontre. Elle était alors furieuse d'être dérangée sur sa plage. Je ne voulais pas qu'elle s'en aille. J'espérais de tout cœur qu'elle reste… Et elle était restée. Elle ne m'avait pas laissé seul.

Une mystérieuse sensation me cloua sur place. Tout se mélangeait autour de moi, comme les pièces d'un puzzle se réarrangeant pour former un nouveau tableau que je distinguais mal, trop flou encore et pourtant là, à portée de main. Je n'osais plus bouger de peur de tout gâcher.

— Pourquoi es-tu là ? demandai-je face à l'océan. Qu'attends-tu de moi ?

Pendant quelques secondes, seul le crépitement du feu troubla le silence. Puis la voix d'Olivia s'éleva dans mon dos.

— Je veux que tu me fasses confiance. Je sais que c'est difficile après ce que Domingo t'a fait. Mais je suis là. Je t'aime, Val. C'est pour cela que je reste. Je n'irai nulle part.

Mon premier réflexe fut de nier que Domingo m'ait fait quoi que ce soit. Mais ce serait un mensonge. Il m'avait retourné le cerveau autant qu'à Constantin.

— Ce n'est pas si simple, murmurai-je.

— Je sais. C'est même ce qu'il y a de plus difficile au monde, dit-elle posément. Mais parfois, il faut oser sauter dans l'inconnu. Sans quoi, c'est ton père qui aura gagné.

Elle marqua une pause.

— Tu ne l'as jamais laissé gagner, n'est-ce pas ? Pourquoi commencer maintenant ?

Mon cœur cognait à me comprimer les poumons. Est-ce que j'avais peur ?

— Je ne sais pas comment m'y prendre, confessai-je, la gorge nouée. J'ignore comment t'aimer. Je ne suis même pas sûr d'en être capable.

— Bien sûr que si, affirma-t-elle. Tu es honnête et tu me fais rire. Tu m'as donné le courage de croire en moi et d'être qui je suis sans plus craindre personne. Si ce n'est pas de l'amour, qu'est-ce que c'est ?

L'air me manquait. Je me retournai, transpercé par son regard limpide. Un sourire flotta sur ses lèvres.

— Tu es orgueilleux, autoritaire et bien trop arrogant. Tu détestes qu'on te disc non. Mais tu es aussi passionné et bienveillant, prêt à tout pour protéger ton entourage. Tu as énormément d'amour à donner, je le sais. Et tu veux quelqu'un qui t'aime en retour.

Lentement, elle se leva et sa tunique ondoya dans la brise.

— Tu n'es pas facile à vivre, Valentin Silvera, mais tu es facile à aimer. Alors viens t'asseoir près de moi et grille-moi des Chamallows, puis fais-moi l'amour sous la Voie lactée. Après, nous retournerons à la villa nous aimer toute la nuit…

Les flammes rougeoyantes illuminaient son visage. Elle rayonnait, mon étoile.

— Et dans quelque temps, peut-être nous marierons-nous, comme nous nous l'étions promis.

Mon cœur menaçait d'éclater. Je n'osais croire ce que j'entendais.

— Comment peux-tu dire cela, après tout ce que je t'ai fait subir ? J'ai mis en scène ma mort. Je t'ai kidnappée…

— Tu m'as montré ce que c'était d'être aimée.

« Parfois, il faut oser sauter dans l'inconnu. »

Mes jambes bougèrent d'elles-mêmes, et je me surpris à marcher vers le feu. Le sable était encore tiède sous mes pieds. Je ne m'arrêtai qu'une fois devant elle.

— Montre-moi, soufflai-je, vulnérable comme je ne l'avais jamais été.

— Idiot…

Elle se hissa sur la pointe des pieds et posa un baiser sur mes lèvres. Soudain, le tableau m'apparut en entier, parfaitement net. Bien sûr… Je le savais déjà. Je savais ce que c'était d'aimer. C'était me disputer avec Olivia sur la façon d'allumer un feu et enterrer la hache de guerre en grillant des Chamallows. C'était l'entraîner avec moi quand elle me poussait à l'eau pour l'entendre rire. L'amour était un premier baiser sous les étoiles. Une étreinte sulfureuse sur le sable. C'était la passion qu'elle vouait à son entreprise et la douceur de ses mains sur mon visage. L'amour, c'était elle, tout simplement. Mon Olivia.

La seule personne au monde en qui je pouvais avoir toute confiance.

Mon cœur dégela sous son baiser. Je sentis mes démons s'envoler, le fantôme de mon père parmi eux. Mes bras se refermèrent autour d'elle, et je l'embrassai avec ferveur, comme si ma vie en dépendait.

— Livvy, murmurai-je quand nous reprîmes notre souffle. Je ne sais pas si j'en suis capable. J'ai peur de te décevoir.

— Oh ! cela arrivera. Moi aussi, je te décevrai. Aucune relation n'est parfaite.

— Mais…

— Val.

Elle m'effleura tendrement la joue.

— Tu as peur, c'est normal. Moi aussi. Mais nous y arriverons. Je t'aime, et c'est tout ce qui compte.

Elle avait raison. Seul l'amour importait. Je ferais tout mon possible pour la combler et la garder à mes côtés. Pas pour moi, pour elle.

— Je t'aime aussi, dis-je en lui levant le menton. Je veux

passer le reste de ma vie à te faire griller des Chamallows au feu de bois et t'étreindre sur la plage. Mais surtout, je veux faire de toi la plus heureuse des femmes.

Je pris une grande inspiration.

— Olivia Wintergreen, veux-tu m'épouser et porter mes enfants ?

Ses yeux gris s'embuèrent d'émotion.

— Oui, souffla-t-elle. Oui à tout.

Et son baiser enflammé scella notre bonheur.

Épilogue

Olivia

Je n'aurais pu rêver plus parfaite robe de mariée. La soie légère épousait ma silhouette, fendue haut sur la cuisse. Mes cheveux détachés ondulaient dans mon dos, et un bouquet de fleurs tropicales apportait la touche finale.

À mon doigt miroitait la bague de fiançailles que Val m'avait offerte. Un diamant rouge. La couleur la plus rare pour un diamant. Parce que, moi aussi, j'étais rare et précieuse, m'avait-il murmuré. Et parce que le rouge était la couleur de la passion.

Il m'attendait au bout de la jetée, entièrement vêtu de noir. Son regard luisait d'un éclat intense. Le genre d'intensité que je n'avais rencontrée chez personne d'autre.

Mon Val.

La veille, nous avions tenté de joindre Constantin. Val avait changé d'avis et décidé de lui laisser la société. Il n'en avait pas besoin. C'était moi et moi seule qu'il avait toujours voulue. Et il était tout ce dont j'avais toujours rêvé.

Nous prononçâmes nos vœux face à l'océan. Quand vint le moment d'embrasser la mariée, son baiser me consuma corps et âme. Alors je le poussai à l'eau. Il m'entraîna avec lui, bien sûr, et nous éclatâmes de rire.

Rien n'éteindrait jamais ce feu entre nous, car nous étions ensemble, unis pour la vie.

Deux étoiles brûlant au firmament.

Vous avez aimé *Le retour de Valentin Silvera* ?
Découvrez l'histoire de Constantine Silvera
dès le mois prochain dans votre collection Azur !

Retrouvez prochainement, dans votre collection

AZUR

Le diamant d'un Italien, de Julia James - N°4576

« Si vous devenez mon épouse pendant douze mois, je rembourserai votre dette. » Soulagée de voir ses problèmes financiers s'évanouir, Lana accepte l'incroyable demande en mariage de Salvatore Luchesi, le sublime Italien qu'elle vient de rencontrer. Mais très vite elle déchante. Survivra-t-elle à cette union platonique, alors que son corps s'embrase tout entier au côté de Salvatore ? Surtout, supportera-t-elle le jour où leur accord prendra fin et où elle devra renoncer à cet homme hors du commun ?

L'indomptable fiancée, de Louise Fuller - N°4577

Fils illégitime, Achileas Kane est la preuve vivante que les liens du mariage n'ont rien de sacré. Hélas, il doit aujourd'hui se marier s'il veut toucher son héritage ! Refusant de convoler avec l'une de ses prétendantes trop envahissantes, il préfère se tourner vers l'indomptable Effie Price. La jeune femme de chambre, qui travaille dans le palace où il séjourne, n'est-elle pas la candidate parfaite ? Loin de tomber en pâmoison devant lui, elle est la première à lui tenir tête ! Et pour Achileas elle représente un irrésistible défi…

Les mariés de Rio, d'Abby Green - N°4578

En épousant Caio Salazar de Barros, Ana savait à quoi s'en tenir. Leur union de convenance devait prendre fin un an plus tard, une fois la réputation de Caio rétablie et l'avenir d'Ana assuré. Seulement voilà, maintenant que l'échéance est arrivée à son terme, Ana se voit contrainte de passer une ultime journée en compagnie de son troublant époux. Vingt-quatre heures qui pourraient bien tout changer quand, libérés du contrat qui les a liés, Ana et Caio laissent libre cours à une passion aussi inattendue que dévorante…

Liée à Constantin Silvera, de Jackie Ashenden - N°4579

J'ai commis l'erreur de tomber amoureuse d'un homme inaccessible. Les sentiments que je nourrissais, enfant, pour Constantin Silvera, n'ont fait que grandir au fil des ans. Jusqu'à cette nuit époustouflante que nous avons passée ensemble il y a trois mois… Depuis, tout a changé entre nous. Notre amitié a volé en éclats, tandis que mon amant me rejetait cruellement. Quant à ma vie, elle a pris un tournant inattendu, car me voilà enceinte de Constantin…

Si proche de l'ennemi, de Dani Collins - N°4580

Pour sauver l'entreprise à laquelle elle a tant donné, Ilona s'apprête à épouser l'homme qui veut ruiner sa famille ! En effet, c'est bien connu, mieux vaut garder proches ses ennemis… Et puis, même s'il est cynique et arrogant, Léandre Vasilou pourrait lui apporter l'indépendance à laquelle elle aspire depuis si longtemps. Seul problème : alors qu'Ilona voudrait pouvoir haïr Léandre, et le tenir à distance, son traître de cœur bat furieusement pour lui. Au point qu'elle rêve de voir leur union de convenance se transformer en mariage d'amour…

Promise à un comte, de Nina Milne - N°4581

Parce qu'elle a commis l'impardonnable erreur d'être née fille, Adriana est le mouton noir de la famille. C'est bien simple, son père, lord Salvington, ne la supporte pas ! Mais le jour où leur domaine menace d'être perdu Adriana oublie toute rancœur pour accomplir ce qu'elle sait être son devoir. En proposant à Rob Wilmington, le mystérieux comte de Darrow, de l'épouser, elle scelle bientôt une alliance capable de sauver l'héritage familial…

Un fantasme pour patron, de Lucy King - N°4582

Elle s'est endormie… dans le lit de son patron ! Réveillée en sursaut par la voix furieuse de Duarte de Castro, Orla peine à reprendre ses esprits. Comment expliquer à cet homme intransigeant qu'elle s'est écroulée de fatigue, alors qu'elle préparait la Casa do São Romão en vue de l'arrivée de son propriétaire ? Comment lui révéler qu'elle rêvait de lui au moment même où il surgissait, plus sexy encore que dans ses fantasmes ?

La beauté de Svardia, de Pippa Roscoe - N°4583

SÉRIE : *LE ROYAUME DE SVARDIA* - 3/3

Quatre mois plus tôt, Aleksander est monté sur le trône de Svardia, le royaume de Scandinavie. Une responsabilité à laquelle il était préparé, ou presque. S'il est résolu à transformer son pays en une nation prospère et tournée vers le progrès, l'idée de produire un héritier lui paraît une tâche ardue. En effet, comment s'allier à l'une des femmes insipides qu'on lui présente comme des partenaires idéales, quand son cœur ne bat que pour l'innocente Henna, qu'il n'a pourtant pas le droit de faire reine ?

La princesse du Kansas, de Caitlin Crews - N°4584

SÉRIE : *ROYALEMENT SCANDALEUSE* - 1/2

Delaney travaille dur pour garder à flot la ferme familiale, isolée au milieu des Grandes Plaines du Kansas. Quelle n'est pas sa surprise de voir débarquer un matin un convoi de luxueux SUV, d'où émerge bientôt un homme fascinant… Charismatique et beau comme un dieu, Cayetano Arcieri a une révélation à lui faire : Delaney est une princesse, l'héritière perdue de la Couronne d'Île d'Montagne ! Et s'il est là aujourd'hui c'est pour la ramener dans leur pays, au large de la Méditerranée, où elle deviendra bientôt sa reine…

Amber et le prince rebelle, d'Ally Blake - N°4585

Trahi le jour de ses noces, le prince Hugo fuit en Australie, incognito. Là, il rencontre Amber, une jeune femme dont la liberté de penser et la joie de vivre lui offrent un précieux réconfort. Dans ses bras, il oublie pendant un moment son pays, son devoir… jusqu'à ce que la réalité le rattrape. Quand Amber se découvre enceinte de lui, Hugo n'a d'autre choix que de lui révéler sa véritable identité, tout en sachant que celle qui fait battre son cœur n'a rien de la princesse à laquelle il est supposé lier son existence…

Un époux à convaincre,
d'Anne McAllister - N°4586

Elle était mariée… avec Dominic Wolfe. S'il n'avait pas été là, près d'elle, dans ce lit qui était maintenant le leur à New York, Sierra ne l'aurait pas cru. Car tous deux n'ont rien en commun, si ce n'est cette incroyable entente charnelle. Dans l'intimité, Dominic n'est plus l'homme d'affaires au costume impeccable, et elle la coiffeuse excentrique. Dans le secret de la chambre à coucher, ils sont simplement un homme et une femme en proie au même désir irrépressible. Hélas ! la passion ne dure pas. Et si Sierra rêve que Dominic partage un jour ses sentiments elle sait aussi qu'il s'est juré de ne plus aimer, et qu'il faudra bien davantage que des corps-à-corps torrides pour transformer leur mariage d'intérêt en une véritable union…

VOTRE COLLECTION PRÉFÉRÉE DIRECTEMENT CHEZ VOUS

Vous souhaitez découvrir nos collections ? Une fois votre 1er colis à prix mini reçu, si vous souhaitez continuer à recevoir nos livres, cela se fera automatiquement. Vous n'avez aucune obligation d'achat et cette offre est sans engagement de durée !

Dans votre 1er colis, 2 livres au prix d'un seul
+ en cadeau le 1er tome de la saga *La couronne de Santina*.
8 tomes sont à collectionner !

☛ COCHEZ la collection choisie et renvoyez cette page au
Service Lectrices Harlequin – CS 20008 – 59718 Lille Cedex 9 – France

Collections	Prix 1er colis	Réf.	Prix abonnement (frais de port compris)
❑ **AZUR**	4,75€	AZ1406	6 livres par mois 31,49€
❑ **BLANCHE**	7,30€	BL1603	3 livres par mois 24,85€
❑ **LES HISTORIQUES**	7,30€	LH1202	2 livres par mois 17,49€
❑ **PASSIONS**	7,80€	PS0903	3 livres par mois 26,49€
❑ **BLACK ROSE**	7,90€	BR0013	3 livres par mois 26,79€
❑ **HARMONY***	5,99€	HA0513	3 livres par mois 20,76€
❑ **SAGAS***	7,99€	SG2303	3 livres tous les 2 mois, 29,46€
❑ **VICTORIA**	7,80€	VI2115	5 livres tous les 2 mois 42,09€
❑ **GENTLEMEN***	7,50€	GT2022	2 livres tous les 2 mois 17,95€
❑ **HORS-SÉRIE***	7,70€	HS2812	2 livres tous les 2 mois 18,45€

*livres réédités

F23PDFM

N° d'abonnée Harlequin (si vous en avez un) ⎵⎵⎵⎵⎵⎵⎵

Mme ❑ Mlle ❑ Nom : ____________________

Prénom : ____________________ Adresse : ____________________

____

Code Postal : ⎵⎵⎵⎵⎵ Ville : ____________________

Pays : ____________________ Tél. : ⎵⎵⎵⎵⎵⎵⎵⎵⎵⎵

E-mail : ____________________

Date de naissance : ____________________

Date limite : 31 décembre 2023. Vous recevrez votre colis environ 20 jours après réception de ce bon. Offre soumise à acceptation et réservée aux personnes majeures, résidant en France métropolitaine, dans la limite des stocks disponibles. Prix susceptibles de modification en cours d'année. Vous pouvez demander à accéder à vos données personnelles, à les rectifier ou à les effacer. Il vous suffit de nous écrire en nous indiquant vos nom, prénom et adresse à : Service Lectrices Harlequin CS 20008 59718 LILLE Cedex 9. Service Lectrices disponible du lundi au vendredi de 9h à 17h : 01 45 82 47 47.